マドンナメイト文庫

絶頂セラピー 欲求不満の人妻たち

乃坂 希

目次

contents

絶頂セラピー　欲求不満の人妻たち

第一章　腰振り合うも多生の縁

1

「やっぱりセックスは、前戯が大事だよな」

多田満男《ただみつお》は最近になって偶然開拓した、シーモネーターという猥談ＯＫのショットバーで、ハイボールを飲んでいた。

中堅の食品メーカーの総務課に勤める満男は、バツイチ独身で四十歳。

趣味は三度の飯より好きな酒とセックスなので、マスターと男女のオーガズムの差や、中イキ談義で盛りあがっていた。

すると、隣で白ワインを飲んでいたご婦人が興味津々《しんしん》で食いついた。

「わたしの夫、ほとんど前戯をしないかも」

ということは人妻である。年齢は、おそらくアラフォー。

髪は黒のショートカット、顔の輪郭は卵形で、肌も剝きたまごのようにツルンとしている。

目が大きく鼻筋が通り唇は形がよく、それらがバランスよく収まっている。

ようするに、かなりの美人だ。肌が白く、どことなくファッション雑誌の読者モデルっぽい。

人妻は美智子《みちこ》という名で、この店の常連だとマスターがさりげなく教えてくれた。

「マジですか？」

満男が訊《き》くと、美智子は夫への不満をここぞとばかり口にした。

「ちょっとだけ胸と下をさわってすぐ挿入。そして自分勝手なペースで動いてさっさと射精みたいな」

「うわっ、かなり残念な感じだ」

「でも最悪は、夫が仰向けでマグロパターン。フェラさせられて、勃起したら跨《また》がって、騎乗位でわたしだけ動いて、夫が射精したらセックスはおしまい」

「そりゃあ、ひどすぎる。まったく、親しき仲にも前戯ありですよね！」

「あはは、ことわざのパロディね」

美智子は白ワインを飲み干し、マスターにお代わりを頼んだ。

「当たりです。もしかして旦那さん、フェラはさせるけどクンニをしないタイプですか？」

「そうね」

「ぼくは逆に、クンニが大好きで、フェラはどうでもいいタイプです」

「多田さんは、何分くらいクンニをするの？」

お代わりの白ワインと共に、マスターが満男の苗字を教えたようだ。

「時間は関係なくて、女性が満足するまでつづけるのがクンニです」

満男が言うと、美智子は嬉しそうに微笑んだ。

「素晴らしい考え方。わたし、さっきの中イキの話にも、すっごく興味があります」

「もしかして、中イキ未経験ですか？」

「クリイキとGスポットイキは一応わかるけど、ポルチオはまだなの」

「そりゃあ、もったいないお化けが出そうだな」

「でしょう。ねえ、わたしをラブホへ連れてってくれない」

美智子の大胆な提案に満男は呟《つぶや》いた。

「……マ、マジですか？」

「うん。だって昔から、腰振り合うも多生《たしょう》の縁って言うでしょう」

「おおおっ、上手《うま》いな。ではぼくが、後悔酒で勃《た》たずになる前に、ホテルへ行きましょうかね」

ということで二人はバーを出た。

2

（こんなにラッキースケベな状況が、現実にあるなんて嬉しすぎる……）

そう思いつつ歩き、満男は美智子とラブホに入った。

すぐに交替でシャワーを浴び、今は二人とも全裸でベッドの中にいた。

まずはクンニがしたいと満男が頼んだから、美智子は仰向けで膝を立て大きく足を開いた格好である。

満男は正座して人妻の花園に顔を近づけ、ドキドキしながら生唾を飲み込んだ。

ふっくらしたビーナスの丘に密集する黒々としたヘアは、あまり縮れておらず少し逆立っていた。

その下には、ジューシーでムッチリプリプリの生牡蠣《なまがき》という感じの、美味そうな女性器が見えた。

いったいどんな匂いがするのだろうかと嗅いだが、シャワー直後だからか無臭だった。

「綺麗な肌ですね」

満男は言って、スベスベした内もものスロープに指を滑らせる。

膝から股のつけ根まで、ゆっくり撫でてまた戻るという往復運動を何度か繰り返した。

柔らかくて温かい、湯上がりの女の肌に触れる心地よさが、指先から全身を巡り、酒の酔いとは違う多幸感に包まれる。

「はぁああああんっ」

美智子は身体をビクンと震わせ、せつなそうな溜息を漏らした。

「うふぅん。多田さんは、女のさわり方がとても上手《じょうず》ね。すごくいい感じのフェザータッチ」

「本当ですか、嬉しいなあ。でもぼくの指も、美智子さんの太ももを撫でているだけでメチャクチャ気持ちいいですから」

次に、もう少し際どい部分を狙う。すなわち、大陰唇や蟻《あり》の門渡《とわた》り部分を羽毛タッチで撫でた。

「ふぅううん、くふぅううん、あぅううん」

人妻が醸《かも》し出す、甘えるようなせつない吐息が耳に心地よい。

(もっともっと、感じさせてあげるからね)

満男は、そう念じながら愛撫をつづけた。すると美智子は、焦《じ》れったそうに腰を少し浮かせくねくね揺らしながら催促した。

「あん、そろそろ舐《な》めて。多田さんが好きなように、いっぱい可愛がって」

満男は、唇と舌を女性器に近づけた。

(あれ？　さっきまで無臭だったのに。もしかしてこれは、欲情しはじめたときの匂いなのかも)

花園からは、百合に似た濃厚な香りがした。

さらにクリトリスは、包皮を持ちあげ半分剥き出しになっているのがわかった。

その下の、充血してぷっくり膨らんだ小陰唇は、まだ閉じ合わさっている。

けれど隙間から透明な蜜液が溢れ、アヌスまで銀色の糸のように光を反射していた。

満男は淫裂に舌を入れ、トロリとした蜜を舐めとって味わう。小陰唇とディープキスをしている感覚だった。

肉の花弁を開くように舐めつづけるとピチャッ、ピチャッという淫音が部屋中に響いた。

（まだ、序の口ですよ）

いきなりクリトリスを舐めないのは、満男が好きなものは残しておいて最後に食べるタイプだからである。

「はぁあああ。やだ、エッチな音がするぅ」

人妻は、太ももをプルプル震わせながら悶えた。

否定的な言葉とは裏腹に、美智子は自ら両脚を持ちあげ、赤ん坊がオムツを換えるときのような格好になった。

満男はもっと大胆に舐めたくなり、蟻の門渡りから肛門まで、濡れ光っている部分の花蜜を舌でペロペロ舐め取った。

さらに花園から少し顔を離して、じっくり観察しつつ熱い息を吹きかけた。

「うっ、あはぁ……ぁあああん」

美智子の悩ましい吐息と一緒に、ヴァギナとアヌスがすぼまる。あまりにも可愛らしいので、チュチュッとキスをした。

果ては排泄器官の皺《しわ》まで、舌先で丹念に舐めた。肛門周辺を刺激していたら、蜜壺からまた新しい愛液が湧いて溢れる。

たまらずに啜《すす》りながら、舌で淫裂全体をなぞった。

「くっ、はぁあ……はあっ……はぁああっ……」

息を荒らげる美智子は、ベッドに手をついて上体を起こした。

そして目を潤ませ、セクシーさを増した表情でこちらを見つめた。

「ぼちぼち、クリトリスを舐めてもいいですか？」

満男が問いかけると、美智子は無言で頷《うなず》いた。なので、いよいよ陰核愛撫に取りかかる。

（さっきよりも大きくなっているし、剝き出しの部分も増えているな）

焦らされつづけた肉色の真珠は、パンパンに膨らんでいた。

もう待ちきれないとばかりに包皮からピンク色の部分を覗かせていた。

最初は淫ら豆の下部分と、花弁の始まりの境い目辺りに舌をあてがい、横に動かし様子を窺《うかが》った。

「い、いゃあぁあんっ」

美智子は、甘くて粘っこいよがり声を発して反り返った。

（おっ、効果絶大だな）

次に満男は平たく伸ばした舌で、ペロペロと下から上へ突起を舐めた。

「うぐ、あっ、うふぅう、ひっ、おおうっ」

美智子の呼吸は、舐めるたびに変化し、身体をよじりブルブル震わせた。だがしばらくすると、刺激に慣れてしまったようで反応が鈍くなってきた。

だから舌先でトントン、啄木鳥《きつつき》のようにノックする。

「あっ、あっ、あっ」

途端に美智子の喘ぎ声が、甲高《かんだか》く断続的なものに変化した。

しばらくつづけたあと満男は、舌で肉芽を押さえ顔を振って微細なバイブレーションを加えた。

すると美智子は、身悶《みもだ》えながら催促した。

「うふぅううんっ。それ、き、気持ちいい、も、もっとしてぇ」

どうやら、大変お気に召していただけたようだ。人妻は、わずかな刺激も余さず受け取ってくれるので、舌による微振動をたっぷり堪能させた。

そして満男が淫ら豆に吸いつくと、美智子は熱い息を吐き悩ましく喘いだ。

「はぁ、はぁあん。うふん、いいいっ。足の裏がジンジンするのぉ」

感じると会話しているときより、甘ったれて可愛い声なのが新鮮だった。

「い、今の一番好きかも。ねぇん、クリちゃんをいっぱい吸ってぇ」

美智子は腰を浮かせ、満男の唇と舌をおねだりした。微細なバイブレーションだけでは物足りず、より強い刺激を欲《ほっ》しているらしい。

満男は、包皮ごと陰核に吸いつき口に含んだ。

そして唾液にまみれた舌を、円を描くように動かし、肉芽の剝き出し部分を入念にマッサージした。

(このクニュクニュした感じは、何かに似ているよな。あっ、そうか!)

嚙み切れないホルモン焼きを、口の中で延々としゃぶりながらハイボールを飲んでいる感じを思い出した。

なんとも唇や舌が、総じて口の中全体が気持ちいいのだ。

「ううっ……うくっはあ、くはぁあっ……ひっ」

美智子は、回転する舌のリズムに合わせて呻《うめ》き腰をくねらせた。

満男は、口を離して起きあがり人妻を眺めた。

恍惚の表情で目を閉じ、クリトリスを吸われたり舐められたりする快感の余韻に浸っていた。

（ふぅむ。三点攻めで、快感をプラスしてみるかな）

一瞬でクンニ体勢に戻った満男は、両手を伸ばして推定Dカップの美乳をやさしく包んだ。

そして少しずつ力を入れて揉み、柔らかく熟れた乳房の感触を楽しんだ。

しばらくの間、肉豆を舌で転がし両乳房を揉みつつ、手のひらでコリコリにしこった乳首を弄《もてあそ》んだ。

次に、乳首を親指と人差し指で挟んだ。

クニクニと緩急をつけてつまんだら、人妻は艶かしく悶えた。

「あうぅっ、いやらしい、ああっ、すごくいやらしいさわり方だわ」

両乳首とクリトリスの三点攻めが効くらしく、美智子は身体全体をくねくねと揺らした。

舌とクリトリスが奏でる「ヌチョ、クチュウッ、チュププッ」という淫靡な音と
「んぁああんっ、あはぁあんっ、はぁあうぅん」という美智子の喘ぎ声のハーモニーが室内に響いた。

満男は言葉ではなく、身体で会話をしている気がした。

だから舌と指先の加減を変化させて、もっと深くコミュニケーションしたくなった。

まずはとてもソフトに、舌先だけでクリトリスをねぶる。

「くぅん、いいわ、つづけて。くぅーん、くぅーん」

美智子は子犬のようなよがり声を出しながら、もっともっとしてというおねだりの腰つき。

満男は充分にレスポンスしてから、乳首を少し強く何度も指で弾いた。

「あっ、あうっ、あうぅ、うっ、それも感じるぅ」

美智子は呻きながら、シーツを摑《つか》んだ。

満男は人妻の乳首を弾きながら、再びクリトリスに強く吸いついて三点攻めを決行した。

「いやっ……あぁんっ、いやぁっ、あああぁん」

美智子は言葉とは裏腹に、太ももで満男の頭を挟んで離さなかった。

(むむむ、イキそうになっているな)

絶頂を予感して満男は、愛撫の力加減を変化させず一定に保った。

たいていの女性は、同じリズムで可愛がるほうがオーガズムに達しやすいからだ。

そうやって三点攻めをつづけると、美智子は太ももの力を強めたり緩めたりを繰り返した。

「うぁんんっ、んっ、んんっ……イッ、イ、キそうになってきたっ」

美智子は、乳首を弄《いじ》っている光雄の手に自分の手を重ねた。

やがて性感の昂《たかぶ》りに合わせて、徐々に握力が強くなっていった。

満男は同じリズムと力加減で両乳首を弾き、硬度が増してゆく陰核をチューチュー吸う。

そして、たっぷりの唾液を乗せた舌で、グリングリンこね回すようにしつづけた。

「だ、だめっ、あああっ、イ、イクイクッ……イッちゃううううんっ」

美智子は、宣言して達した。ブリッジをするように、腰がグイッとせりあがり、太ももをビクビク痙攣させた。

そして、身体全体を数秒間硬直させてから、糸が切れた操り人形のようにガクンと脱力した。

(ッシャー!)

満男は、心の中でガッツポーズ。美智子は呼吸を整えながら、オーガズムの余韻に浸っていた。

「すごく気持ちよかった。本当にイクまでクンニしてくれるなんて感激!」

「こちらこそ、イッてもらえて感激です。あっ、ちょこっと膣に指を入れさせてください」

そう言って満男は、女蜜が溢れるヴァギナに右手中指をあてがった。

するとイソギンチャクのようにグニグニ動き、ニュルンと指を第一関節まで呑み込んだ。

まとわりつく膣肉の感触が、たまらなく気持ちいい。

もしも指ではなくペニスだったら、いったいどうなってしまうのだろう。

などと、想像するだけで海綿体に血液が流れ込み肉棒の硬度が増した。

「ああ、早くオチンチンを入れたいな」

美智子も同じ気持ちだった。

「ぼくもですよ」

満男はヘッドボードにある、コンドームが入っている小さな籠《かご》に手を伸ばした。

「避妊のことを考えているなら、大丈夫よ」

「えっ、どうして？」

「ピルを飲んでいるの」

「なるほど」

ナマ中出しセックスのためではなく、生理不順などを調整するために使っているのだろう。

満男はゆっくり、正常位のポジションで美智子に覆い被さった。

3

「うぁ、あひぃ。どうしよう、すごく気持ちいい」

挿入の瞬間、美智子は戸惑い混じりのよがり声を漏らした。

満男は両膝をつき身体は前傾させ、両手は人妻の腕の外側に置いて体重をかけないようにした。

すでに亀頭は、熱くヌルヌルした洞窟にめり込んでいる。

だから、腰を少し前方に進めるだけで、オスの欲望器官はズブズブとすべてメス器官の中に埋まっていった。

満男は右手を伸ばし、人妻の頰をやさしく撫でつつ口を開いた。

「美智子さんの中は、温かくてメチャクチャ気持ちいいですね」

入りたくてしょうがない場所に、やっと収まったので嬉しかった。

なので膣奥まで陰茎を入れたまま、しばらく動かさずじっとしていた。

「あの、どうして動かさないんですか？」

美智子が訊くので、満男は答えた。

「お互いの性器が馴染んで、気持ちよくなれるからですよ」

「そ、そうなんですか？」

納得していない表情なので、人妻の夫は挿入したらすぐにピストン運動をするタイプなのだろう。

「まずは、淡い快感を楽しみましょう」

言いながら満男は、ＰＣ筋を使ってペニスをビクンビクンさせた。

「あっ、動いてる」

「ふふふ、わかるんですね。……むむっ、うおお」

満男は男性自身にまとわりついている、温かくて柔らかい女性器の感触に集中した。

「美智子さんの中も、なんだか細かく動いてる」

男根全体で粘りつくような甘い愛液のぬめりと、ヒクヒク蠢《うごめ》くヒダの震え、さらに波状に揺れる膣肉のうねりを味わっていた。

「クリでイッたあとは、勝手にそうなるらしいの。別に自分で動かしているわけじゃないから」

「動かせるんですか？」

「もちろん」

「意図的に動かすと、どうなるのかな？」

「うふふ。そうねえ、こんな感じ」

最初は、膣口がキュキュッと締まった。次に肉棒全体が狭くなったヴァギナにギューッて圧迫された。

最後にパンパンに張って、感覚が鋭敏になっている亀頭をムニムニと可愛がるのだ。

美智子の女陰は、じつに複雑で素晴らしい快感を与えてくれた。

「わわわっ、気持ちいい。いったいどんなふうに力を入れてるんですか？」

動揺する満男に、人妻は微笑んだ。

「言葉じゃ、上手く説明できないなあ。お尻の穴を締めたり、おしっこを止める筋肉とか、内ももや腹筋とかをミックスさせてる感じかしら」

そう言って美智子は腰を浮かせ、円を描くように動かした。

恥丘同士を離さずに押し揉みしつつ、奥まで入っている肉棒でヴァギナを掻き混ぜていた。

「本当ね、性器がいい感じに馴染んできたわ」

美智子の言葉に満男は頷いた。

「そうですね」

ジューシーな膣肉で亀頭をこね回され、竿部分も微妙にしごかれている。

だが射精に向かうのとは違う、ジワジワした快感に包まれていた。

「そろそろ、動かしましょうか？」

満男が訊くと、美智子は浮かせた腰を下ろした。

「だったら、Gスポットを攻められたいかも」

人妻の指示に従い、満男は上体を起こし膣口から数センチの、浅い部分を攻めることになった。

男根の半分くらいを使って、カリ表で膣壁の腹側をゆっくり撫でていく。

「ちゃんと、Gスポットに当たってますか？」

「あはん、いい気持ち」

「こういう、穏やかな動きで大丈夫ですか？」

「むしろ好きかも。セックスをしながら、話をするのも新鮮だし。繋《つな》がっていることで、じんわり気持ちいいのが延々とつづくっていうか、一体感というか……」

「イクことだけが、セックスの目的になったらもったいないですよね」

満男にしても、メインに刺激されるのはカリ表である。

なので射精を誘発しにくく、延々と亀頭が気持ちいいのだった。

そうやって、スローで浅いピストン運動をつづける満男に、美智子は妖しく微笑んだ。

「なんだか今、指でクリトリスを可愛がったら、ものすごく気持ちよくなれそう」

「あっ。だったら、ぼくがさわりましょうか」

「でも方法が複雑だから、最初は自分でするわ」

美智子は淫裂に手を伸ばし、陰核包皮を二本の指で挟んで前後にスライドさせた。

ピンク色の肉真珠が剝き出しになったり、包皮に隠れたりというひどくエロい光景だった。

「こうやって弄っているうちにね、クニュクニュの皮の中にある、コリコリしたクリちゃんが最大限に大きくなるの。そうしたら、皮を剝きっぱなしにして、もう片方の手の指でクリちゃんを左右を激しく、うああんっ、弄るのが好きなのよぉ、おおうっ、うっふ」

美智子はよがりつつ、陰核の取り扱いを説明してくれた。そして、同時に膣内が狭くなった。

膣肉がうねって肉ヒダが震えながら締まるので、裏スジ辺りまでもが気持ちよくなってきた。

（このままだと、ヤバい）

満男はピストン運動を止め、オスの欲望器官を膣奥まで埋め込んだ。

「くふぅううっ、グリグリしてきた」

美智子は尻を浮かせ、くねくねと揺らしながら腰を押しつけた。

グリグリの意味は、満男にもすぐわかった。つまり膣奥で、ポルチオと亀頭がヌルヌル擦れ合っているのだ。

さて、美智子をポルチオイキまで導くことができるだろうか。

「ああ、いいわ。このグリグリした感覚を楽しむのが、んくぅ、セックスの醍醐味で、わたしぃ、一番好きなのよ」

美智子は、喘ぎながら腰をグラインドさせた。

亀頭との擦れ合いが気持ちいいのなら、ポルチオ刺激がトリガーになってオーガズムに達する可能性は大きい。

だがとりあえず、イクイカないよりもグリグリを楽しむのが先決だ。

美智子が疲れたら、満男がノーピストンで腰を振り、ポルチオをグリグリ揺らせばいい。

などど性行為の方向性が決まった途端、満男の目の前に、高濃度ミルクみたいな質感の肌が広がった。

そして、推定Dカップでお椀形の乳房から目を離せなくなった。

ミルクティ色の乳暈はホットケーキのようにプクッと膨らんでおり、中心にある陥没気味の乳首がキュートだった。

(いかんいかん、オッパイのことをすっかり忘れていたぜ)

満男はゴクリと生唾を呑み込んだ。クンニのときに、三点攻めでさわっただけである。

改めて、じっくり愛撫したくなった。

満男はペニスの根元と恥丘をくっつけたまま、手のひらサイズの美乳に十本の指を近づけた。

そっと撫でてから、手のひら全体でたわわな胸の実りを包み込む。

柔らかいけれど張りもあり、手に吸いついてくる。まるで、つきたての餅のようだった。

そうやって、ヤワヤワと美乳を揉むのに熱中しながら、陥没気味の乳頭を中指でゆっくり円を描くように弄んだ。

とりあえず、豆腐の角を崩さないくらいの加減で美智子の様子を窺う。

「あうんっ、いい、とっても気持ちいいん」

人妻が呻くと同時に、乳首がムクムク勃ちはじめた。なので指でつまんでこねたり、側面を爪でカリカリと掻いたりもした。

「ふぅんっ、あっ、うっ、ああっ」

美智子は悩ましく喘ぎ、顎をあげ白い喉を露《あらわ》にした。

そして愛撫を催促するがごとく、反らせた胸部をビクンビクン揺らした。

満男は人妻の乳房に顔を近づけ、左の乳首を口に含んだ。まずは舌で飴玉のように転がし、次にチューチュー吸った。

さらに甘噛みしてから、右の乳首も同じように可愛がった。

それからデコルテラインにも舌を這わせ、首筋や耳もじっくり愛撫した。

「はぁん、キスがしたくなっちゃった……」

美智子は言って、赤い舌を出した。唇を近づけると、ヌメリのある柔らかい舌先が、満男の唇を丁寧になぞっていく。

熱い吐息まで感じられる、エロティックな行為だった。

いつの間にか、二人は唇をピッチリ合わせ、舌をねっとりと絡めた。唾液を吸われ、吸い返すのみならず混ぜ合った。

(クンニから始まって挿入、胸の愛撫、キスって普通と順番が逆だよな)

満男は、美智子の唇で舌をしゃぶられている。

ずっと「チュクッ、チュパッ、チュププッ」という淫靡な音が聞こえるので、舌と耳を犯されているような気分になった。

そうやって、まるでお互いを食べるような濃厚な接吻を、しばらくつづけている。

密着正常位での口づけが、どうにも強烈に性感をアップさせるからだ。

女性によっては、好きな相手とのキスだけでイッたりする。

数時間前に会ったばかりの美智子とは、性欲だけで繋がっており恋愛感情は芽生えていない。

だが性器だけで繋がるだけよりも、激しく感情移入できるのは、唇が脳に近い場所だからだろう。

などと思っていたら、蟻の門渡り辺りがむず痒くなった。

PC筋をキュッと締めたら、膣奥でタートルヘッドとポルチオがニュルニュル擦れた。

さらに、ペニスの根元とビーナスの丘をくっつけたまま腰を揺すった。すると、美智子は唇を離した。

「あぅん、奥のグリグリだけじゃなくて、クリちゃんも擦れてるぅ」

そう言ってチュッ、チュッと音を立て満男の頬や唇を啄《ついば》んだ。

さらに美智子は、満男の下唇を甘噛みしながら何度か左右に動かした。

（おおお、気持ちいいぞ）

満男の唇は、自然と半開きになってしまう。

笑みを浮かべた美智子は積極的に満男の唇をハムハムと甘噛みした。

しばらくすると、されるがままに開いている満男の口の中に、生温かくて柔らかい舌が侵入した。

人妻は舌先を器用に使って、満男の唇の裏側や前歯を愛撫していく。

その際に美智子の口から漏れる「あんっ、あはぁ」という吐息がじつに艶かしかった。

満男の頭の中は沸騰し、今まで以上に理性のタガが外れていく。

それから人妻は満男の尻を摑んで、同じリズムでグラインドをつづけるように促《うなが》した。

もちろん接吻もつづけており、しばらくお互いの舌先をチロチロと舐め合った。

「んんんん？」

美智子は、急に呻いて口を離した。

「ひ、ひいいっ。今までと違う感じがする」

そしてなんと、気持ちよすぎることを主張した。

ポルチオが刺激されるたびに、ビリビリと甘い電流みたいな快感が全身を巡るそうだ。

「もしかして、一回止めたほうがいいかい？」

「ううん、大丈夫」

「もしも快感が強すぎて、つらかったり痛かったりしたら、遠慮なく言っておくれ」

気遣いつつ、満男にも膣内変化がわかった。

子宮の位置がより下がったのか、擦れ合う面積が増えている気がした。

4

「あうぅん。これって、ウテルスセックス？」

美智子の質問に、満男は答えた。

「いや、違うと思う」

子宮の中にペニスが入るウテルスセックスは、都市伝説で医学的にありえないと、ユーチューバーの女医が言っていた。

満男はそのチャンネルで、ポルチオは迷走神経とダイレクトに繋がっているから、強い刺激と快感がある説を学んだ。

だが今は亀頭とポルチオが、ピタッとハマっている感覚もあった。

腰をグラインドさせても、ほとんどグリグリ擦れないのだ。

満男は、ペニスがポルチオと膣壁の隙間に入り込んだという仮説を説明した。

「そうなんだ。てっきりオチンチンが、子宮の中に入ってるのかと……」

美智子は、納得しつつ痛みを訴えた。

「あひっ。刺激が強すぎて、ちょっとつらいかも」

「わかった」

満男は腰のグラインドを止め、膣壁とポルチオの隙間から亀頭を抜いた。

そして、洞窟の中腹から奥へ緩いピストン運動を試みた。

「これで、どうかな？」

「うふぅん、気持ちいいグリグリに戻ったわん」

美智子が甘く身悶えるので、満男は短いストロークのピストンをつづけた。

(むおお、またちょっと、違う感じがするぞ)

鈴口で子宮口を押すスローな抜き差しをしているのだが、ヌルヌルしているにもかかわらずグリグリ擦れない。

亀頭はポルチオに、ピタッと吸いつかれている感じがした。

美智子は自覚しているだろうかと気になったが、彼女は目を閉じ恍惚の表情で湧きあがる悦楽にのめり込んでいた。

(これは確か、ポルチオがトリガーになって達するオーガズムの前兆だ)

満男は以前ポルチオイキがデフォルトの熟女と、濃いセックスをしたときのことを思い出した。

(あのときも、吸いつかれたんだよな)

子宮には精液を吸いあげる機能があるらしいし、昭和の頃には膣で煙草を吸う芸者もいると聞いたことがあった。

くだんの熟女は実際に、愛液で濡れた膣口からシャボン玉みたいな泡を吹いた。

つまり、膣で空気を吸ったり吐いたりしていたのだ。

「多田さん、どうしよう。なんだか、もどかしいの」

突然、美智子は訴える。だがその反応は、ポルチオイキの熟女とシンクロしていた。

「安心してください、こうすれば……」

満男は上半身を起こして、膣口からGスポット経由で、ポルチオに到達する長いストロークのピストン運動に切り替えた。

もちろん、リズムや力加減は短いストロークのピストンと同じである。

「あーん、どうしてわかるのぉ。なんだかすごく大きな波が……」

美智子はポルチオイキ直前だが、愉悦の大波を被るためにはまだ足りない要素がある。

喩《たと》えるならば、コップの水が表面張力で盛りあがっている状態で、最後の一滴が必要なのだ。

（おそらく、これが正解だろう……）

満男は美智子のしこった両乳首を、指でつまみ絶妙な加減で捻った。

ユーチューバーの女医曰《いわ》く、乳首を愛撫すると子宮を収縮させるホルモンが出るらしい。

ゆえに産婦人科医は、妊娠中は過度に刺激しないようにと、妊婦に釘を刺すくらいなのだ。

つまり女性の乳首は子宮直結の性感帯で、ポルチオイキのトリガーになっても不思議ではない。

「しゅごいしゅごい。乳首シュリシュリされると響くの、ポルチオに響くのおぉおおん」

どうやら美智子は、指の腹で乳頭を擦られるのがたまらないらしい。

ならばと、ニップル側面をつまんで、クニクニ捻る愛撫と交互に施《ほどこ》していく。

ほどなく美智子は、満男の予測通りオーガズムに達した。

「あっ、あぐっ。うぐっ、ふぐっ、あっ、おぉおおーん」

なりふり構《かま》わない、獣の咆哮《ほうこう》みたいな喘ぎ声がポルチオ快感の深さを物語っていた。

「大きな波を被れたのかな？」

満男が訊くと、美智子は荒らげた息を整えながら彼を見つめた。

「うん、ポルチオでイケたみたい」

なんだか焦点が合っていないのは、まだ快楽の真っ只中にいるからだろうか。

「ひっ、ううぅおあぅ」

急に美智子が上半身を痙攣させたので、満男は驚いて訊いた。

「えっ、どうした？」

乳首からは手を離したし腰の動きも止めているから、性器の刺激で感じたわけではないと思う。

「わからない。イッた瞬間のことを思い出したら、気持ちよさが戻って全身を駆け巡ったの」

「大丈夫かい？」

満男が気遣い腕にさわると、美智子は再び上半身を痙攣させた。

「ひぃい、また来たぁ」

とにかく身体中が敏感になり、ちょっと肌を撫でるだけでライトにイクみたいだった。

「少し休憩しますか？」

満男の問いに、美智子は首を横に振った。

「今ね、イキっぱなしというか、八十～百%の快感が緩やかな波になって延々とつづいているの。止めるのは、もったいないかな。どこまで気持ちよくなれるか試したい」

「お安い御用です」

満男は射精に拘《こだわ》らず、女性を感じさせることで興奮するタイプだから、望むところであった。

「体位のリクエストはありますか？」

「逆になんか、刺激的な正常位のバリエーションってありませんか？」

訊かれて満男はニヤリ。

「とりあえず、深山《みやま》かな」

「何それ？」

美智子が訊くので、満男は説明した。

「いわゆる、屈曲位とか足あげ正常位と呼ばれている体位ですよ」

言いながら、美智子の両足を持って肩にかけた。

「腰の動きは、さっきと同じだけど……」

上半身を起こし膣口からGスポット経由で、ポルチオことPスポットに到達する長いストロークのピストン運動。

だが両足をあげて伸ばすと、

「わわわっ。さっきより全然気持ちぃぃん」

美智子に言われ、満男はほくそ笑んだ。

「でしょう」

なぜならば、膣内の腹側にある性感スポットを確実に刺激することができるからだった。

しかも、かなり奥まで入るし密着感が強い。

「上のほうをもっと、ヌリュヌリュされたーぃん」

美智子は、膣壁の腹側部分をいっぱい擦られたいとおねだり。

ならばと満男はGスポットを狙って、短いストロークのピストン運動を数回つづけた。

「ああ、それ、それがいいのよぉ」

気に入ってもらえたので、次はペニスをヴァギナの奥まで突っ込んで、腰をグラインドさせた。

GとPという、二点の性感スポットを狙った三浅一深である。

「グリグリも好きぃ」

美智子は腹直筋下部をへこませ、Ｐスポット快感を堪能した。

（これは、どうかな？）

満男は亀頭を膣口まで戻し、Ｐスポットまで一直線に突いた。喩えるならば、除夜の鐘を撞《つ》く要領である。

「ズーン、ズーンって子宮に響くぅ」

快感を実況中継してくれるのは嬉しいし、オーガズムのゾーンに入ってからの美智子は、よりいっそう快楽に貪欲《どんよく》だった。

「はああ、激しい。んんん、激しいのがいい。もっとズコズコ突いてぇ」

美智子の露骨な要求に、満男は喜んで応える。

深山のメリットは結合部分が見えてエロく、膣奥深くまで陰茎を出し入れして楽しめることだ。

そしてデメリットは、激しくピストンするとシーツに膝が擦れてつらいことだった。

「本当にズコズコしてるぅ、いやーん、すごくいやらしいわぁあああん」

美智子は喘ぎながら、シーツを掴んだ。

膣奥が感じる女性は、たいてい深山が好きだ。

Mっ気《け》が強いタイプだと、結合部を見られると羞恥心を刺激され快感が倍になるらしい。

デメリットは、体勢がつらいことである。

だが腰枕を敷けば、ポジションが安定するので、密着正常位に近いタイプの深山を楽しむことも可能だった。

ピストンを止めた満男は、片手で枕を取り美智子に声をかけた。

「ちょっとだけ足を下ろして、お尻を浮かせてもらえるかな」

美智子は、膝を立てて尻を浮かせた。もちろん、ペニスがヴァギナ奥まで刺さったままである。

満男は人妻の尻と、シーツの隙間に枕を入れようとした。

(もうちょっとか……)

だが少々高さが足りないので、枕を持っていないほうの手で美智子の尻を持ちあげた。

「あっ。これ、好きかも」

そう言って美智子は、尻を上下に振りはじめた。

恥丘を陰茎の根元に押しつけ、ゴシゴシ擦り合わせる軌道である。

「うふっ。うんうん、クリちゃんが擦れてすっごくいい感じぃ」

美智子が悦んでいるので、満男は枕から手を離すことにした。

「だったら、深山から吊り橋に変更だね」

満男は人妻の尻に両手を添え、腰部の上下運動を補助した。

正確にいうと、吊り橋という体位の応用である。

本来は女性が肘から下をついて上半身も浮かせ、下半身と同じ高さで真っ直ぐになるのだ。

だがそれだと女性の負担が大きいし、下半身だけを浮かせれば膣口が自然に上を向く。

だから、ペニスの先がGスポットに当たりやすい。ゆえに満男は、この応用体位を好んだ。

「あああっ、たまらない」

美智子が喘ぎ腰を動かすたびに、クチュクチュという淫音が聞こえた。

「そんなに、いいの？」

「だって、外も中も気持ちいいんだもん」

陰核ことCスポットを、ペニスの根元で擦り、棒部分がGスポットを圧迫、さらに先端がPスポットを刺激しているそうだ。

そして陰部から湧きあがる快感を、余すところなく堪能した美智子は喜悦の声を漏らした。

「ああぁっ、だけど足が疲れてきたぁのおん」

人妻の太ももと尻は、プルプル痙攣していた。

「休憩しましょう」

満男が促すと、美智子はゆっくり尻を落とした。

「ふうう。もう何回イッたか、よくわからないわ」

緩やかに八十〜百％の快感を繰り返す波状イキは、まだつづいているようだ。

「でも多田さんは、まだイッてないでしょ。ずっと我慢してるの？」

「ぼくは、女性を感じさせることで興奮するタイプだから、射精には拘らないんですよ。それに、ドライオーガズムモードになってるので」

「ドライって何？」

「美智子さんの、クリイキみたいな感じです」

満男の答えに納得できないのか、美智子は再び質問した。

「射精しなくても、気持ちいいってことなの？」

「もちろん。でもまあ、美智子さんの中ってメチャクチャ気持ちいいから、けっこうヤバイです」

「だったら多田さん、そろそろイッてほしいな」

「じゃあ、松葉崩しでフィニッシュしますよ」

満男が言うと、人妻はゴクリと生唾を呑み込み、同時に膣口が締まった。

「松葉崩しは、一番奥に届く体位だから大好き」

美智子は身体を斜めにして、満男の肩の上に片足をかけた。

満男は美智子が伸ばしている、もう片方の足を跨いだ。

そして腰を強く押しつけ、ペニスを最奥まで入れて小刻みに腰を振った。

「ああ、これよ、これぇ。」

美智子は、自分で乳首とクリトリスを弄り始めた。すると、膣肉とうねりと肉ヒダの蠢きが激しくなった。

イチモツの根元から裏スジまでを、しごくように膣肉が蠢いた。まるで、精液を搾り出そうとしているみたいだった。

「あっ、すごいな。あうう、ぼくはもう……」

「イキそう？」

「う、うん」

満男は、すでに射精したい欲求で亀頭が爆発しそうになっている。

激しく数回ピストン運動すれば、確実に漏らしてしまいそうだった。

「うふん。我慢しないで、いっぱい出して」

美智子に言われるまでもなく、もう我慢の限界だった。

兆《きざ》しどころか堰《せき》を切ったような勢いで、スペルマの激流が迫っており、ＰＣ筋をいくら締めても無駄だった。

「う、うん。出る、出る出る出るぅううううっ」

満男は叫びながら、ビュルル、ビュルルと人妻の中に精を放った。身体を硬直させ、何度もつづく脈動を味わう。

まったくもって、声を抑えることができないほどの快楽だった。

「うああ、出てる、おう、おうっく、また、まだ出てます」

快感の大波が、腰の奥から寄せては引く。

そのたびにフラッシュが焚かれたときのように、目の前が真っ白になり太ももの震えが止まらない。

頭の中が空洞になったみたいで、何も考えられなかった。

「すっごく、気持ちよさそうな表情でイクのね」

美智子の声が聞こえたので、射精の余韻に浸っていた満男は目を開けた。

「うわっ、見てたんだ」

照れる満男に、美智子は微笑んだ。

「うふふ、ずっとね。わたし、男のイキ顔って大好きなの」

「恥ずかしいなあ」

「そういえば多田さんは、いろんな女とエッチしたいタイプでしょう」

「なんでそれを……。あっ、マスターとの会話を聞いてたんですね」

満男はしゃべりながら、松葉崩しから正常位の体勢に戻した。陰茎はまだ硬度を保っているので、挿入したまま動いた。

膣内が気持ちよくて、抜くのがもったいない。

「わたしはアゲマンだから、きっと今後はあのバーでも、女運がアップしまくりになるはずよ」

「マジですか」

「あと知ってる？　マスターのＬＩＮＥに来店予告をすると、最初の一杯が無料になるのよ」

「そりゃあ、いいな」

もちろん、これからも通うつもりだった。

第二章　S心あればM心

1

満男は美智子のアゲマン発言を信じたわけではないが、シーモネーターというバーに通った。

マスター曰く、ときどき性の悩みを抱《かか》えた女性から、エッチ上手な男を紹介してほしいと頼まれるそうだ。

しかも彼女らは、若いイケメンよりやさしくてテクニックのある中年を求めるらしい。

そんなある日、一葉《いちは》という名の二十代後半の人妻が「受け身上手な男がいないの、愛撫しても反応が薄い奴が多くて」とマスターに嘆いていた。名前と既婚者であることはＬＩＮＥで来店予告したときに、マスターが教えてくれたのだ。

一葉は、シャネルふうの甘い感じのスーツを上品に着こなしていた。肩まで伸びた黒いストレートヘアと、細面《ほそおもて》で色白の顔全体は、清楚な雰囲気を醸し出している。

しかし、切れ長で一重の目と少し捲りあがった上唇が、どこかしどけなくエロティックだった。

頬の辺りと長い睫毛に寂しげな感じも漂っている気がする。

「あたしって、男の乳首を開発するのが趣味なんですよね」

そう言って一葉は、隣の満男をチラリと見た。

「なのに出会うのは、乳首は感じないとか、くすぐったがるとか、感じても黙ってる男ばっかり。どう思います？」

「乳首が感じるようになると勃ちがよくなるし、くすぐったいの先に気持ちいいがあって、喘ぎ声は出したほうが快感が大きくなると思うな。えーと、ぼくはけっこう乳首を開発されたがりっす」

満男は言って、ウオッカトニックを一口飲んだ。

「本当に？　チクニーって知ってる？」

「もちろん。自己開発は、デフォルトですよ」

ちなみにチクニーとは、乳首だけを愛撫するオナニーのことである。

「うふふ、頼もしく思えちゃうな。そもそも乳首愛撫どころか、フェラでも黙ってるし、セックスのときに声を出さない男が多いから」

「とにかく性感帯はペニスで、気持ちいいのは射精の瞬間だけって連中のことだね」

「一番ムカつくのは、ずっと黙ってピストンして、突然『うっ』ってイク奴かなあ」

「あーそりゃ、膣をオナホにして女体でオナニーしてんのかーいって、ツッコミたくなるわな」

「でしょう。せめてイクときは、前兆から教えてほしい」

一葉は言って、ミモザというシャンパンカクテルを口にした。

そんなふうに、二人がエロトークで盛りあがっていたら、マスターが倉庫に酒のボトルを取りに行った。

すると一葉は、満男の胸部に手を伸ばした。

「乳首、ちょっとさわってもいい？」

「もちろん」

返事の瞬間、満男の乳首は甘い痺れに包まれた。

「多田さんの乳首って、かなり敏感ね」

一葉はワイシャツの上から、満男の乳首を弄っていた。

「うくっ。シャツ越しは、直接さわるのとは、あううっ……別の気持ちよさがあるんだよね」

爪でカリカリ掻かれると、感じすぎて言葉が滞《とどこお》ってしまうのだ。

「されたがりさんは、どんなふうに開発されたいのかなあ？」

「乳首愛撫だけで、イケるようになりたいっす」

「イクって乳首ドライ？　それとも射精？」

「もちろん、両方っす」

「欲張りね。他に試してみたいことってある？」

一葉は言いつつ、満男の乳首をつまんで、クニクニ弄りつづけた。

テクニックもさることながら、清楚な見た目の人妻が攻め好きというギャップがエロすぎである。

「相互の乳首舐めプレイですかね。上半身だけシックスナインみたいな格好になって、同時に舐めるっす」

「面白い。つまり、互いのプライドを賭けた乳首舐め勝負ってわけね」

一葉は不敵な笑みを浮かべ、満男の乳首をキュッと捻った。

「はうううっ」

満男が呻くと、一葉は反応を見てつねりつづけた。

「ふぅん、けっこう強めの愛撫もいける口ね」

さらにまた、爪でカリカリ掻く愛撫。

「ねえ、すごいの。シャツ越しでもわかるほど、乳首が硬くなってる」

「ヤバいヤバい、うくっ」

満男は、喘ぎを止めることができない。

「あらあら、下のほうも勃起してるじゃない」

一葉は、満男の股間が盛りあがっているのを見逃さなかった。

「と、当然です。一葉さんみたいな美人に、乳首を愛撫されてるから」

次に一葉はシャツ越しの乳首愛撫を止め、周辺を撫でつつ質問した。

「男が受け身になるセックスって、どう思う？」

「感受性の幅が広がるから、受け身を体験した男は、セックスが上手くなるんじゃないかな」

「どういう意味？」

「自分が攻めるとき、受け身になってる相手の気持ちがわかるみたいな」

「なるほど」

「あとは、相手が与えてくれる快感に身を任せる悦びかな。それこそ射精以外の淡い快感を、身体全体で味わうことができるんだと思うっす」

満男はM性感店に通った経験もあるから、受け身になるさまざまな楽しさも知っていた。

「合格ね！」

「はい？」

「これからラブホで、多田さんと乳首舐め勝負がしたくなったって意味。どお、受けて立つ？」

またもや、ラッキーチャンス到来である。

「はい、喜んで！」

満男が居酒屋の店員みたいに答えたら、マスターが戻ってきた。

これ幸いと満男は二人分の会計を済ませ、一葉と一緒に店を出てラブホへ向かった。

2

(敵に捕まったスパイ気分で、ドキドキするな)

満男は全裸にアイマスクをして、腕を頭の後ろで組み壁際でじっとしていた。

バーを出て、満男と痴女系ドSな人妻はラブホテルにインした。部屋に入るなり、一葉は満男にアイマスクを渡した。

そして、全裸になるように命じ浴室へ行ったのだった。

「ふふふ、いい子ね。ちゃんと腕を頭の後ろで組んでるなんて」

シャワーから戻った一葉が言った。

「そのまま、動かないで」

一葉の声だけでなく、甘い香水の匂いと気配も感じる満男は、胸の辺りに人妻の顔があるような気がした。

耳を澄ますと、スンスン鼻で細かく息を吸う音が聞こえた。

(もしかして、汗臭いのかな……)

満男は、どうにも恥ずかしくなって質問した。

「交替でぼくが、シャワーを浴びるんですか？」

「違うわ、匂いが気に入ったのよ。シャワーを浴びたら台なしじゃない」

「そうなんですか、すいません」

やはり、さっきは匂いを嗅いでいたのだ。

（ってことは、このままの状態で乳首開発が始まるんだな）

満男は期待に胸を膨らませつつ、勃起していない男根を晒しているのは妙に照れ臭かった。

「ふーん、思ってたよりも……」

一葉は呟き、両手で満男の頬を撫で回した。冷たい指が首筋を這い、ゆっくりとしたスピードで鎖骨に触れる。

筋肉や脂肪の具合を確かめるように、胸や腹もさわられた。

くすぐったさ混じりの気持ちよさを感じつつ、満男は一葉の指先が醸し出す淡い官能に浸った。

「お肌がスベスベね」

一葉は満男の耳に熱い息を吹きかけ、柔らかい唇で耳たぶを甘噛みした。

舌が耳の中で暴れると、クチュクチュと湿り気のある音が脳に直接響いた。

それから一葉は、ナメクジの速度で満男の首筋に、舌を這わせていった。

されるがままの満男は、不意に肩を嚙まれた。

「ああっ、うっく」

驚いて声を漏らしたが、痛いわけではない。軽く歯を立てられた程度だ。

視覚が閉ざされているから、一葉の動きの予測がつかないうえに、皮膚も敏感になっていた。

「けっこう、色っぽい声を出すのね」

嬉しそうな口調で言って、一葉は満男の肩から胸の肉を、モグモグ味わうように甘嚙みした。

満男はなんだか、一葉に食べられている気分になった。

一葉はときおり強く嚙むのだが、満男の息遣いを読んでいるのか、痛気持ちいい程度で嚙む力が弱まった。

満男は人妻を抱きしめたくなり、手を動かした。

「まだダメよ。わたしにさわっちゃ！」

途端に、ピシャリと言われてしまった。

「多田さん、腕は頭の後ろで組むんでしょ」

再び一葉に言われ、満男は素直に従った。

するとまた十本の指が、胸や脇腹をやさしく這い回る。指の腹だけではなく、爪でも刺激された。

主導権を握られ目隠しをされたままで攻められると、身体の中で普段は眠っている緩やかで繊細な官能が目覚めはじめる。

一葉の声や呼吸、舌や唇、指の感触、匂いなどがジワジワと身体中に浸透するのだ。

そうやって、純粋に気持ちいいを受け入れつづけると、だんだん快感が蓄積されていく。

「さて、そろそろ開発のメインディッシュかな」

一葉の声が聞こえ、満男は左右の乳頭を指の腹で撫でられた。

甘ったるい痺れが、乳首の先からジワジワと下腹の奥に広がり、欲望の芯を疼かせる。

「あっ、いい。あぅあぅん、ううぅっ」

満男は呻くのみならず、上半身をビクッと震わせ胸部を突き出した。

「うふふ、遠慮なく感じていいのよ」

一葉は、少し興奮しているような口調だった。

「ひぃあっ、痛いっ」

乳首をギュッとつねられたので、満男は声を我慢できなかった。

「少しくらい痛いのも、嫌いじゃないでしょう」

「は、はい」

素直に返事をしたら、一葉はまた左右のニップルを、指の腹でやさしく撫ではじめた。

さらに爪でカリカリ掻いたり、軽くつまんでクリクリ弄られた。

「なんだか、痛くされる前より気持ちいいっす」

満男は呟き、湧きあがる快感に身をゆだねた。

乳首から発信される官能は、ジワジワと下腹全体を包み込み、ムクムクと勃起を促した。

(おや、おやおやおや)

耳を澄ますと、一葉も呼吸を荒らげているのがわかった。

(さすが、痴女系ドSだ)

男の乳首を攻めて、発情しているのは間違いなかった。

ならば打てば響く楽器のように、もっと大袈裟にリアクションしたほうが、お互いに淫らな獣になれるかもしれない。

満男は乳首を刺激されるたびに呻き、上半身を震わせ、感極まったようにビクンッ、ビクンッと揺らした。すると、

「ああん。本当に、感じやすくて正直な身体ね」

一葉から狙いどおりの言葉が返ってきた。

そうやってレスポンスを楽しんでいたら、いつの間にか一葉の乳首を摑む力が強くなった。

きつくつねられ、気持ちいいが痛気持ちいいになっていった。

さらにそれを越え、単なる苦痛状態になっており、満男は必死に耐えた。

脂汗が出て、脈も呼吸も速くなる。

「もうダメ、限界です」

そう言って、一葉の指を手で払った。

ジンジンと乳首が痛み、ダッシュをした直後のように、呼吸が乱れていた。

満男の乳首から指を払われた一葉は、やけに冷静な口調で訊いた。

「んんん？　手はどこに置けばいいんだっけ？」

「あ、頭の後ろです」

満男は、最初に命じられたポーズに戻った。

「でしょう」

一葉の満足げな声が聞こえ、またやさしい愛撫が始まった。不思議なもので、痛みを味わうたびに乳首の感度が増すのだ。

しばらくの間、唾液をたっぷり塗ったヌルヌルした指で乳首を擦られ、満男は胸を反らせて心地よさを味わっていた。

「あいっ、たたたたたっ」

すると急につねられ、さらに一葉は爪を立てて胸の肉を強く摑んだ。

「ひいいいいっ、い、いいい、痛いですよぉ」

満男が声を出した瞬間、爪は胸肉から離れていた。あまりにも絶妙なタイミングなので、心の中で感心してしまった。

そうしたことを、何度も繰り返された。

すると脳内で痛みと快感が振り子のように揺れ、一瞬であるけれど区別がつかなくなった。

さらにまた、わき腹も引っ掻かれた。ノリノリの一葉は、こちらの背中に爪を立てたり、肩や腕を嚙みまくった。

それらの部位は痛気持ちいい程度なのだが、何度もしつこくつねられた乳首だけは、どうにもこうにもヒリヒリする。

「ダメですって。無理です、もう本当に無理っす」

満男は、情けない声を出してしまう。

「だぁかぁらぁ、無理かどうか決めるのは、あたしでしょう」

一葉は高圧的な口調で言い、乳首をネチネチ嬲《なぶ》りつづけた。

「ひいいっ。で、でも、でもぉ、ごめんなさい。もう許してください」

ぶざまだが、痛くてしょうがない。しかし一葉は、まるで面白い玩具を見つけた子供のように楽しんでいる。

(きっと、今が踏ん張りどころだ。このあとには絶対、めくるめくエロエロの時間が待っているはずだから……)

満男は頑張って耐えた。

「本当にダメなの？」

一葉が訊いた直後、指よりも柔らかい何かに左乳首が包まれた。たぶん、舌と唇である。

痛みに耐え抜いたニップルは、柔らかい唇でやさしく吸われ、湿った舌で円を描くように可愛がってもらえた。

「待ってた、これを待ってたんだよぉおお」

口唇愛撫は一瞬で痛みを溶かし、息が止まりそうになるほど気持ちよかった。

だが満男が快感で安堵した直後、乳首から舌と唇が離れた。

「あううっ、でもやっぱり痛くするんだぁ」

またもや強くつねられ、ついに満男は泣き声をあげてしまった。

「うふふ、可愛い」

「もう、本当にダメですって。乳首が取れちゃいそうだし、心だって折れてしまいますから」

満男は、何がなんだかわからなくなってきた。

「本当に嫌なの？　じゃあどうして、ここが大きくなっているの？」

一葉は、ホットソーセージをスッと撫でた。そうなのだ、ペニスはずっとフル勃起状態だった。

「だ、だって……」

満男は口ごもる。

「だって、何？　ここを、こうされたからじゃないの？」

一葉は満男の左乳首を、指でやさしく愛撫する。

「うくっ、ダメ。ずっとされてると、おかしくなっちゃいますよぉ」

満男はまるで、エロオヤジのテクニックに翻弄される小娘みたいである。

「そうなんだ。おかしくなるほど感じてるんだ」

一葉の淫らな指は、休むことなく満男の左乳首を慈しむ。

「我慢しないで。女の子みたいに、もっといっぱい可愛い声を出してよ」

そう言ってから一葉は、もう片方の乳首を舐めしゃぶりはじめた。満男は、喘ぎそうになるのを堪えて口を閉じた。そして耐えきれずに、

「んんんっ、あっ、はぁああんっ」

リクエストに応じ、意識して女性的な可愛い喘ぎ声を漏らした。

限界まで我慢してから悶えると、身体の内側から湧きあがる快感が増すような気がした。

「まったくもう、こんなに大きくして」

一葉は満足そうに言って、いきり立ったイチモツの竿部分をやんわりと握った。

「それに、いっぱい濡れてるじゃない」

呟きながら一葉は、尿道口周辺にも指を這わせた。すでにカウパー氏腺液が溢れて

いるので、途端に亀頭全体がヌルヌルになっていった。

「あふっ。だからそれは、一葉さんがエッチなことをいっぱいするから」

満男は、心地よい鈴口攻めに身悶えた。

「どういうこと、わたしのせいなの？」

一葉はムッとしたような口調で言い、指がハードボイルドソーセージから離れた。

「い、いいえ、おかげです。一葉さんのおかげで、ほらっ、こんなに大きくなれたんです」

もっと弄られたくて、男のシンボルをビクンッ、ビクンッと動かす。

「わっ、すごい。なんか、うちのワンちゃんが喜んで、尻尾を振ってるときみたいっ」

一葉がじつに嬉しそうに言うので、満男は飼い主に躾《しつけ》されているワンちゃん気分で、もう一度ペニスをビクンッ、ビクンッと揺らした。

「よしよし、いい子ね、おとなしくしなさい。でも、自分ばっかり気持ちよくなってずるい子！」

人妻の声に、かなり湿り気が混じっている。

「ぼくも一葉さんを、気持ちよくさせたいなあ」

「いい心がけね」

一葉は返答しながら、ウフンッと鼻を鳴らした。

「ああっ、早くさわったり、舐めたりしたい」

受け身も楽しいが、満男はそろそろ攻めたくなっていた。

「うふふ、あたしにさわるのはまだダメッ」

つれない言葉が返ってきたが「まだダメッ」だから、もう少しで目隠しタイムは終了するのかもしれない。

「はああんっ、多田さん。でもあたし、もう我慢できなくなってきたわ」

「えっ、何がですか？」

「これを……」

一葉は、ビンビンの肉バナナを摑んだ。

「お口で可愛がりたくなってるの」

人妻の熱い息がタートルヘッドにかかった。

「あたしは、エッチな気分になるとフェラチオをしたくなって、ペニスを咥《くわ》えるだけでトロトロに濡れちゃうタイプなの」

「女体を愛でて、フル勃起する男と同じっすね」

「そういう女は嫌い？」

一葉の質問に満男は答えた。

「大好きで大歓迎っす」

下腹の奥で淫らな期待と欲望が渦巻き、蟻の門渡り辺りが激しく疼いた。

「あたしのフェラは、大きく分けて四パターンあるの。勃起させるフェラと、このまずっとつづけてほしくなるフェラ、早く膣に入れたくてたまらなくなるフェラ、そして射精させるフェラよ」

言いながら一葉は、睾丸をサワサワ撫でた。

満男は辛抱たまらず、括約筋をキュッと締めた。

すると、ビンビンのオス器官が揺れ、尿道口からカウパー氏腺液がドクリとこぼれた。

「ああん、本当に元気」

一葉は尿道口にチュッと吸いつき、新たに滲み出たカウパー氏腺液を舐め取った。

それから、たっぷりの唾液にまみれた舌で、ペロリペロリと裏スジ部分を執拗に嬲った。

「くううっ。まろやかで、た、たまんねえっす」

満男は一切をゆだねて、もたらされる快感に没頭した。

さらに一葉が亀頭を咥えると、淡い快感が満男の身体中を循環していく。

陰茎の先端が生温かい唾液と口腔粘膜に包まれ、悪戯《いたずら》な舌がチロチロと敏感な部分をくすぐるように這い回っていた。

尿道口から裏スジ、カリ表やカリ首全体を嬲られているうちに、淡かった快感は、あきれるほど濃いものに変化した。

そのうえ、肉竿を咥えた柔らかい唇の感触も素晴らしい。

ゆっくりとやさしくしごくように動かされると、もっと強い刺激を欲しがって玉袋がキュッと引き締まった。

「あううっ。一葉さんの口の中、最高に気持ちいいです、うっ、ううう っ」

満男が褒めたら、人妻は肉棒を根元まですべて咥え込んだ。すると、吸い込まれた亀頭が喉奥でこねられた。

肉棒の底部分は舌で、根元は唇というふうに三カ所を愛撫されて、満男の興奮はどんどん高まっていった。

いつの間にか口腔内は真空状態で、イチモツは今までよりも粘度の高い唾液にまみれていた。

一葉の滑らかな舌は、裏スジに沿ったペニスの底部分をヌルヌル刺激している。

(これはまさに、ずっとつづけてほしくなるフェラだな……)

満男は、脳ミソが溶けそうになるほどの快感を味わっていた。

とても淡い快《こころよ》さなので、余すところなく受け取りたくてPC筋をギュッと締める。

そうやって、スライドする唇と舌の心地よさに酔っていたら、急激な射精感に襲われた。

「わわわっ。一葉さん、ヤバいんだ。このままだと、出ちゃう」

玉袋がキュッと縮んで、睾丸が引き攣った。

下腹の奥で渦巻く欲情のマグマは激流となって、大波のようにうねりながら出口に向かった。

人妻は「出していいのよ」という代わりにスライドをつづけるので、稲妻のような快感が満男の下腹部から脳天に突き抜けた。

「うおお。出るぅ、んんんんっ」

満男は息を詰め、身体全体を硬直させながら、ビュビュッと精を放った。

すると一葉は、射精直後の敏感な亀頭部分だけを舌で愛撫しはじめた。

唾液と混じり合った精液が、口腔内で亀頭全体にまぶされている。

カリ表やカリ首部分、もちろん裏スジにもヌルヌルの舌が這い回った。

その愛撫で満男の全身に、延々とつづく絶頂快感のような、強烈な刺激が乱反射する。

「気持ちよすぎて、くっ、ヤバいヤバいヤバい」

満男が身をよじって悶えつづけていたら、一葉の唇と舌は陰茎から離れた。

「すごいわ。イッたのに、ずっと硬いのね」

一葉は言って、ペニスをギュッと握った。

毎回ではないが、たまに抜かずの三発が可能なくらい興奮がつづくことがあるのだった。

「すいません、なんか粗相しちゃって」

「ううん。美味しかったし、フェラでイッてくれなかったら、逆にショックだったかも」

どうやら一葉は、精液を嚥下《えんげ》するのが好きなタイプらしい。

「でもそろそろ、あたしも気持ちよくしてもらおっかなあ」

一葉は、握っているイチモツを引っ張った。

「こっちへ来てっ」

「どこへ行くのかな？」

「ベッドに決まってるじゃない」

「ですよね」

満男は目隠し状態なので方向感覚がまるでない。

ヨロヨロと歩かされて、陰茎から手が離れたと思ったら、胸をドンッと押された。

「おわわわわっ」

バランスを崩して仰向けに倒れ、満男は一瞬パニックになった。

だが腰も背中も後ろ頭も、柔らかいベッドの感触を味わい身体が弾んだ。

安堵していたら、ギシギシッと両耳の横でベッドが軋む音がした。

マットが沈むのも感じる。たぶん、一葉の手か足だろう。

3

満男は、顔の近くに何かが迫ってくる気配を感じた。

（むむむ、相互の乳首舐め勝負？　それともキスをされるのかな？）

予想すると、フルーツヨーグルトに似た甘い匂いが漂ってきた。

しかもオス器官にビンビンくる、動物的なメスの香りも混じっている。そう気づいたとき、鼻先がくすぐったくなった。

(これは髪の毛？　いや、陰毛かな？)

つづいて、クニュクニュの温かくて湿った突起が鼻先を擦った。

(あっ、クリトリスか！)

わかった瞬間、突起で鼻先を上下左右にパンチされた。

つまり一葉は満男の顔に跨り、鼻先に陰核を擦りつけて腰を振っているのだった。

(顔面騎乗ってか、四十八手でいうところの岩清水《いわしみず》だよな)

満男が舌を伸ばすと、ぴったりと閉じている肉厚の花弁に触れた。

少しずつ開いて、会陰部に舌を滑り込ませると、たっぷりの蜜をたたえた洞窟にたどり着くことができた。

(本当に、フェラチオでトロトロに濡れるタイプなんだな)

満男は溢れ出る蜜液を啜ってから、舌先で抜き差しを開始した。

「あっ、あっ、気持ちいいわぁ。はあぁっ、上手なのね、ううぅんっ」

一葉は身悶え、クチュッ、クチュッとじつに卑猥な音が響いた。

満男は舌を限界まで差し込んで、上下左右に動かし、鼻で陰核を擦った。

すると、一葉の膣肉がうねり舌が圧迫された。

そのうえ、太ももで顔の側面を挟まれ何も聞こえなくなった。

脚の痙攣が耳に伝わり、鼻が潰れるほどクリトリスを押しつけられた。

それでも口唇愛撫をつづけていたら、舌が痺れてつけ根も少々痛くなってきた。

いつの間にか顔全体が女の花園に圧迫され、息を吸うことも吐くこともできなくなった。

(まるで光も音もない、深い海の底に沈んでいるみたいだな)

そう思ったら、目の前にあるはずの濡れた淫裂の気配が突然消えた。

(あれ、どうなった？)

太ももによる圧迫もなくなったので、満男はとりあえず息継ぎをした。

すると、ベッドのスプリングがギシギシ軋《きし》む音が聞こえた。

ほどなく、また顔の両側を足で挟まれる。そして鼻先が、ヌルヌルした穴に埋まった。

唇の辺りにクニュクニュした突起がぶつかり、顎にはシャリシャリしたヘアの感触。

顔面全体に、柔らかい肉が乗っかった。

(なるほど、尻だな)

つまり一葉は、さっきと逆向きで満男の顔面に騎乗したのだ。

それからしばらく、満男は適度な重みと温もりに包まれた。

柔らかな尻とワレメの感触を顔全体で受けとめ一体感を味わった。

「あふぅううん、もっとしてぇえええ」

一葉の艶《なまめ》かしい吐息が聞こえた。さっきと違い、満男の耳は太ももでふさがれていないからだ。

口のところにクリトリスがあるので、包皮全体を唇で柔らかく包んだ。

さらに剝き出ているピンク真珠の先端を、舌先でコロコロ弄んだ。

そうやって舐めるたびに、鼻先と接触している膣口がヒクヒク蠢く。どうやら一葉は、たまらなく気持ちいいらしい。

(そうか、クリトリスを舐められたくて、向きを変えたんだな)

満男は納得しつつ、陰核包皮を吸いながら舌をゆっくり動かした。

ときおり大きく口を開け、息継ぎしながらしばらくつづけた。舌のリズムに合わせて、顔の上で尻がクネクネと揺れていた。

「ひっ、うふっ、すふっ、ぐっ、うぐぐぐっ」

一葉は突然呼吸が浅くなって、腹の底から絞り出すような声をあげた。

さらに、尻が不規則な痙攣と硬直を繰り返した。

どうやら、クリトリスでイッたようだ。

ドサッという感じで、一葉が崩れ落ちた。満男は仰向けの身体全体に、心地よい重みを感じた。

下腹から怒張の辺りに熱い吐息がかかっている。

尻が顔を擦り、アイマスクが外れた。シーツの擦れる音も聞こえ、またフルーツヨーグルトに似た甘い匂いを嗅いだ。

(うっ、眩しいな)

目を開けると、そこそこに明るかった。突然なので、なかなかピントが合わなかった。

慣れるに従って、ぼんやりと白くて丸い尻が見えた。

そして満男の腹の辺りで、一葉の胸が上下しているのを感じた。汗にまみれた二人の肌は、ぴったり密着していた。

オーガズムの余韻に浸っているからのだろうか、一葉は突っ伏したまま動かない。

目の前にある尻は、まだ少し痙攣していた。

(さて、これからどうなるのかな……?)

クリトリスオーガズムに達したので休憩、もしくはセックスに突入だろうか。

一葉は男を攻めるのが好きだから、騎乗位で跨りこちらに我慢を強《し》いて、中イキするまで腰を動かしつづけるのだろうか。

もしくは、何度も男をイカせることで満足感を得るのかもしれない。

あるいは、いろいろな体位を命令しながら快楽を貪《むさぼ》る可能性もある。

そんなことを考えながら、満男は目の前の尻を撫ではじめた。

（んんん、さわっちゃダメって言わないな。ならばしばらく、いろいろ可愛がってみるかな）

白い尻の下の割れたあけびのような裂け目から、薄桃色の淫肉が潤みを含んで口を開けていた。

満男は右手の中指を、ぬかるんだヴァギナの入り口にあてがう。

けっして挿入せずに、指の腹だけで柔らかな粘膜に触れていた。

肉壺の入り口は、ヌルヌルでとても温かい。

中指一本だけ、ゆっくり奥まで入れようとしたのだが、第一関節以上の侵入は膣肉が拒んでいた。

なので満男は、膣口の感触だけを指先を味わっている。

（一葉はオーガズムに達すると、膣内が強烈に締まるタイプなのか。もしもセックス中にイッたら、ムスコはどんな感じがするんだろう）

先に進めないのならば、上下左右どの部分が一番感じるのかと、満男はヴァギナの入り口周辺の肉ヒダをさわってみた。

「一葉さん、痛くない？」

「うん、大丈夫」

上下左右を順番にじっくり刺激していたら、膣肉の硬直した感じが徐々にほどけていった。

そして膣口がせりあがり、指はゆっくり第二関節まで吸い込まれていく。

「やさしく弄ってくれるから、だんだん気持ちよくなってきたわん」

「ここは、感じますか？」

満男は指の腹でクリトリスの裏側、いわゆるGスポット辺りを押した。

すると、一葉の尻全体がブルルッと震え、同時にココア色の肛肉がキュッとすぼまった。

「そ、そこ、ううう、すごくいいっ」

一葉は呻き、しきりに尻をくねらせた。

満男がGスポットを圧迫しつづけると、もどかしそうに腰をクイクイしゃくる動きにもなった。

まるで、足掻《あが》けば足掻くほど強く捕らわれてしまう快感に、身悶えしているように思えた。

満男はそんなエロティックな光景を下から眺めつつ、もっと違うポイントも探してみたくなり一度指を抜いた。すると、

「もう我慢できない」

一葉は言って、素早く身体を百八十度回転させ騎乗位で挿入直前の姿勢になった。

「多田さんが変なところを押すから、これを入れたくてたまらなくなっちゃったじゃない」

おもむろに、満男のずっと硬いままだったイチモツを摑んで、濡れている膣口にあてがった。

「ぼくも、早く一葉さんの中に入りたくてたまらないっすよ」

「じゃあ、入れてあげる」

そう言って一葉が腰を落とすと、満男のハードボイルドソーセージは根元まで埋まった。

途端に、フワフワした肉ヒダが竿部分に絡みつく。さらに膣肉がヒクッ、ヒクッと蠢いて亀頭を揉んだ。奥から徐々に締まって、イチモツをきつくホールドする感じだった。

一葉が腰をグラインドさせると、男根の先端が膣奥に咥えられているような感じがした。

きっと、激しく動いてもペニスが抜けないようにしているのだ。

それから一葉は、ペニスの根元に恥丘を押しつけるようにしながら、腰を前後に振りはじめた。

「クリトリスを擦っているんですよね?」

満男が訊くと、人妻は陶酔の表情になった。

「最初はね、クリを擦りながら、奥のほうを揺さぶる感じが好きなの」

そう言う一葉の瞳は、淫ら色に燃えていた。

(わおっ、綺麗だ)

満男は、ラブホの部屋に入ってすぐにアイマスクをつけた。

だから、一葉のスレンダーな上半身の裸を、じっくり見るのは今が初めてだった。

(最初に目に入ったのは、尻と性器だったもんな)

などと思いつつ、スケベ視線で観察した。白い肌が眩しく、華奢な肩や腕、鎖骨の窪みがキュートだった。

だが、なんといっても推定Aカップのチッパイがメッチャ可愛い。とても控えめな膨らみの上に、ピンクベージュの儚《はかな》げな乳暈《にゆううん》とまだしこっていない乳首があった。

さっさと舐めたり弄ったりしたいが、今のところ主導権を握っているのは一葉なので、楽しみはあとにとっておくのだ。

「でも男の人は、これが気持ちいいんでしょう」

一葉は、ゆっくり腰を上下に動かしはじめた。いわゆる、杭打ちピストンというやつだ。

肉棒を密壺から抜くときはゆっくり、入れるときは素早く、しかもズンッと力強く尻を落とした。

「ああ、確かに。竿の擦られ方が、ううう、オナニーと同じだから」

満男が呻きながら言うと、一葉は嬉しそうに微笑んだ。

「もしかして、すぐイキそうになっちゃう？」

そして杭打ちピストンを止め、グラインド系に切り替えた。

「いや、全然大丈夫。一回射精したあとは、長持ちするタイプですから」

満男が素直に答えると、一葉はセックスの段取りを提案し始めた。

「だったらあたし、四パターンの騎乗位を楽しんじゃおっかな」

「クリ擦りと杭打ちの他に、どういうのがあるんですか？」

「えっとね、身体を後ろに反らせるのと、完全に後ろを向くやつ」

「Gスポットを擦るのと、ポルチオを揺らすやつってことですかね」

「苦手なの、ある？」

「全部好きっす。ぼく、騎乗位のときは、ドライで軽く達したみたいになって、ずっとすごく気持ちいいんすよ」

「うふふ、それこそセックスの醍醐味じゃない。あたしも楽しもうっと」

一葉は言って、杭打ちピストンを再開した。そして何の気なしに、性器の出し入れ部分を見て満男は驚いた。

「えっ、一葉さん。いつの間に、コンドームを着けたんですか？」

フェラチオでイカされたあとだと思うが、まったく気がつかなかった。

けれど、満男は、気にしない。生中出しに拘るタイプではないから、もちろん不満はない。

それどころか、ゴムを着けていると射精直後に追いクンニができるので便利である。

「うああん。そんなの、どうでもいいじゃない」

一葉は快感に集中する。

ハアハアと息を荒らげながら、激しく腰を上下に打ちつけた。

そのたびにペチッ、ペチッと湿った音が響く。

「ふぅうう。奥に、奥に響くわぁ」

一葉は朦朧《もうろう》とした表情で身悶え、杭打ちピストンを一度止めた。そしてまた、腰を前後に動かしクリトリスを擦った。

そうやって二パターンの騎乗位を交互に繰り返しつつ、指で満男の両乳首をネチネチ弄りはじめた。

「うおおおっ、すっごく気持ちいいっす」

満男は乳首を爪でカリカリ掻かれ、指の腹でクニクニこねられ、ときおり強くつねられた。

すると、ジンジンした甘い痺れがペニスの根元に伝わった。

肉竿は女洞窟の中で膣肉に揉まれつづけ、亀頭は降りてきた子宮口にグリグリ擦られていた。

ヴァギナ内部の圧力は、より強くより心地よくなっていった。

「ねえ、あたしのオッパイもつねって」

一葉におねだりされて満男は、白く澄んだボディにポツリと佇《たたず》む二つの乳首に手を伸ばした。

「ついに、相互の乳首弄り勝負っすね」

「勝ち負けは、どうやって決めるの？」

「もちろん、気持ちよくなったほうが勝ちっす」

満男は言って、一葉の両乳首をつねった。

「うあああああああっ」

上半身を硬直させながら叫ぶ一葉の、助けを求めるかのようなウルウルした視線がたまらない。

(攻め好きのドSに思えたけど、乳首はドMか)

などと考えたら、満男の欲棒はますます硬くなった。そしてオスの本能が刺激され、下から腰を何度も突きあげた。

「うんっ、うぐぐぐ。ああっ、乳首でイクッ！」

一葉は息を呑み、絶頂に達したことを告げ、大きく身体を仰《の》け反《ぞ》らせた。

そして上半身をビクンッ、ビクンッと揺らした。当然、乳首をつねっていた満男の指は離れた。

さらに一葉の足腰はガクガクと、腕や肩なども細かく痙攣していた。

（オーガズムの余韻に浸りたいのかな……？）

満男が腰を突きあげるピストン運動を止めたら、意外な言葉が返ってきた。

「止めないでぇ、もっと、もっとしてぇ」

一葉は、恍惚の表情で懇願した。もちろん満男は、要望どおりに腰を突きあげを再開した。

「はぅんっ、いっぱいっ、激しくっ、あたしを、メチャクチャにしてぇ」

喘ぎながら一葉は、斜め後ろに手をついた。身体を仰け反らせた、Gスポットを擦る三パターン目の騎乗位である。

（うほぉ、エロいなあ）

満男は腰を突きあげながら、竿と穴の交差点を見つめた。

クリトリスはぷっくり膨らんでいる。陰唇も充血でふっくらして、濃いピンク色に染まっていた。

見え隠れする肉柱は白濁した愛液にまみれ、とても卑猥な光景だった。

膨らんだ淫ら豆全体がヒクッ、ヒクッと動いて、まるで誘っているように見えた。

(乳首弄り勝負は負けたし、ずっと受け身かと思ってたけど、やっぱり攻めるのも楽しいよな)

満男は手を伸ばし、たっぷりの唾液で湿らせた指で、剝き出しになっている陰核を押さえ腰の突きあげをつづけた。

「おおうっ、外と中が、あふ、両方いいのぉおお」

一葉は、C&Gスポットの同時愛撫を気に入ったようだ。いつの間にか、頰から胸元辺りまでの肌がピンク色になっている。

「はっ、はっ、はっ」

さらに細かく息を吐き、腹筋を硬くさせていた。

「多田さん、あたしのオッパイを吸って。嚙んだり、舐めたりもしてっ」

「わかった」

満男は起きあがり、対面座位の格好になった。そして一葉の右乳首を口に含み、左乳首に指を添えて愛撫を始めた。

「気持ちいい。多田さんって本当に、さわったり舐めたりが上手ね」

褒められたので、満男は乳首の愛撫をしばらくつづけた。

一葉は最初のうち、腰をくねくねさせていた。だが徐々に、自分からは動かさなくなった。

「腰が疲れたから、もっと楽な格好になりたい」

「はい、喜んで」

満男は居酒屋の店員みたいに答え、一葉が仰向けの正常位になった。

肉棒は蜜壺の奥深くまで入っており、動かせばヘアの擦れる音が聞こえるくらいピッタリくっついている。

(さて、どうやって攻めるかな……)

満男は思案しつつ、正常位でのヴァギナをじっくりと味わう。

ねっとりした温かい粘膜に包まれ、フワフワの肉ヒダがまとわりついてくるので、甘い官能が全身を巡った。

気持ちよくなった満男は、イチモツをビクンビクン上下させた。

すると一葉は、膣壁をキュキュッと締めた。

そんな性器同士の静かなコール&レスポンスをメインに行いつつ、お互いの舌を吸い合うようなキスをした。

それから満男は、一葉の頬をついばみ、耳たぶをしゃぶった。

首筋から鎖骨までを丁寧に舐めると、ひときわ吐息が高まったので何度も往復させた。

そのうちに、ヴァギナ内部の潤いが増しているのをペニスが感じたので、奥まで入れたままバイブレーションを加えた。

腰全体を、貧乏揺すりさせる感じで動かすのだ。

一葉は水槽の中の金魚のように、口をパクパクさせていた。

あえて喘ぎ声を出さずに、湧きあがる快感を身体中に巡回させているのかもしれない。

そういう緩やかなまぐわいタイムを充分に楽しんでから、奥にあるペニスを入り口まで戻した。

「抜いちゃ、いやっ」

一葉は慌てて、満男の尻を摑んだ。

「ちょっと出し入れをしようかと思っただけで、まだ抜かないっす」

満男は言って、ストロークを始める。ゆっくり奥まで入れて、一葉の快感が上昇したと思われる辺りで素早く膣口まで戻した。

何度かつづけるうちに、膣口まで戻すときは人妻の腰が追ってくるようになった。

一葉は閉じた唇を小刻みに震わせ、両手で口全体を覆った。

「騎乗位でぼくを攻めているときは、あんなにいっぱい喘いでたのに、受け身のときは声を出さないんですね」

満男がピストンを止めて言うと、一葉は両手を口から離して訊いた。

「多田さんは、声を我慢したほうが気持ちよくなるときってない？」

やはり一葉はあえて喘ぎ声を出さずに、湧きあがる快感を身体中に巡回させていたのだ。

「ありますよ。んで我慢の限界になって、思わず声が出ちゃうのも気持ちいいっすよねえ」

満男は答えつつ、ピストン運動を再開した。すると、亀頭と子宮口がグリグリ擦れた。

「あうう、すごくいいわ。奥が気持ちよすぎて、身体の力が抜けちゃう」

「これが、いいんですね」

ならばと満男は除夜の鐘を突く要領で、ズーンと深く腰をぶつけてポルチオに響かせた。

「そう、んんんっ。むううっ、くっ、うううっ」

突いているときよりも、止めているときのほうが一葉の身悶えは激しかった。

ポルチオを揺らすと、竿部分にまとわりつく肉ヒダのざわめきも増した。

その微細な振動は甘く痺れるような快美を醸し出し、男性器のみならず脳天まで響いた。

「おおおっ。一葉さんの中、あまりにも気持ちよすぎるんですけど」

「本当に？　うふふん、嬉しいわん」

いつの間にか、満男が肉槍を打ち込むサイクルが速くなっていった。

ヴァギナがペニスを誘い、吸い込むように蠢くからだった。満男はそれに抗うことができず、腰を振らされていた。

そして、下腹の奥が煮えていた。湯が沸騰する直前の、鍋底にできる無数の泡のように快感が湧きあがる。

最初はゆっくりと、そのあとに激しく、快感の泡は揺れながら上昇して射精の兆しになった。

「か、一葉さん。ううう、そろそろ、イキそうになってきたっす」

「あはーん。あたしなんて、もう何回もこっそりイッてるわよーん」

オーガズムで、指が入らなくなるほど締まるのは、最初の一回だけってことなのだろうか。

「じゃあ、このままイッちゃいますよ」

「来て来てぇ」

ふぐりに溜まった精気の塊《かたまり》が弾け、強烈な快感を伴いスペルマが人妻の膣内に吸い込まれていく。

満男は目を閉じ全身を痙攣させ、数回の脈動に耐えつつ、快楽の海に潜り漂った。

第三章　訊いて極楽して悦楽

1

週末の夜、満男はいつものようにシーモネーターというバーに行った。

するとマスターが、亭主と性指向が一致しない悩みを抱える三十五歳の人妻を紹介してくれた。

(女運がアップしているから、二度あることは三度あるになるかな?)

満男は立てつづけに二人の人妻とこのバーで知り合い、ラブホにしけ込みタダマンできたのだった。

「私、ドMなんです」

そう言って美沙江《みさえ》という名の人妻は、隣に座る満男をじっと見つめた。

(けっこう、イイ女だな)

満男も美沙江を観察する。花柄のワンピースの上に白いカーディガンを着ていた。

胸まである黒髪ロングヘアは、手入れが行き届いて艶々《つやつや》している。

切れ長の目はとても涼しげで、スッとした鼻筋や薄い唇と組み合わさると、和風の美人という印象だった。

「ちなみに、どういうMなの。麻縄緊縛系とか、鞭《むち》や蠟燭《ろうそく》が好きとか?」

満男は、SMバーや緊縛教室に通った時期もあるのだった。

「本格的な道具を使った経験はないの」

「じゃあ、どんな?」

「痛いのや熱いのは苦手だけど、目隠しされたり手首を縛られたりとかに、興味があるみたいな」

美沙江は言って、カシスオレンジを口にした。

「つまりセックスの前戯に、SMっぽい雰囲気を取り入れる感じだ」

「そうね。あと、焦らされたりするのも大好き」

どうやら美沙江は、受け身でたくさん感じたい快楽系ドMらしい。

「だったら、相性ピッタリですね。ソフトSMはけっこう得意分野で、ぼくはドMの指向に合わせるタイプのドSだから」

満男はドMにもなれるスイッチャーだが、M女を相手にするときはS男と主張するのだった。

「もしかして、私にとって理想的なドSかも」

「いわゆるサービスのSと、満足のMの関係ってやつを望んでるならね」

「そうそう。やっぱり、わかってる人は違うなあ。うちの亭主は、SM趣味をまったく理解してくれないんだもん」

「そうなんだ」

満男は言って、ハイボールを一口飲んだ。

「うん。だから、亭主に期待するのはあきらめたの。だって私は初心者だから、やさしく導いてくれるベテランのパートナーのほうがいいもん」

美沙江はまるで、社交ダンスの相手を探しているようなノリでしゃべる。けれど、満男を見つめるまなざしには熱がこもっていた。

「私、多田さんに犯されたいな」

抱かれたいと言わないところが、被虐的な雰囲気を好むM女っぽい。もちろん、満男に異論などあるはずもない。

「ぼくも、美沙江さんを犯したいですよ」

こうして二人は、ラブホテルでソフトＳＭプレイをすることになった。

2

ラブホテルの室内には、ピリピリした空気が漂っていた。

美沙江は不安そうな表情でベッドに座っており、満男は少し離れたところから立ったまま彼女を見つめていた。

満男は美沙江の緊張をほぐそうと世間話を振ってみたのだが、表情の変化が少なくあまり笑わないし話も弾まなかった。

（犯されたいなんて大胆に誘ってきたけど、ＳＭの経験が少ない初心者だから、ドキドキも半端ないんだろうな）

だがＭ女性ならば、緊張状態のほうが興奮度合いも高いはずだから、少し意地悪をしたり虐《いじ》めたりしてみたい。

自称ドＭの人妻はいったいどんなセックスを好み、どんなふうに乱れるのだろうかと考える。

ただそれだけで、満男の淫心は疼きまくり勃起を促した。

「まず、カーディガンを脱ぎましょうか」

「はい」

美沙江は、少し掠れた声で返事をして立ちあがった。

「初めて会った男の前で、いきなり服を脱ぐってどんな気分ですか?」

「申し訳ないというか、私なんかでいいのかなって思います」

美沙江はけっこう美人の部類だと思うのだが、存外に自己評価の低い答えだったので驚いた。

カーディガンの下に着ている花柄のワンピースは、ノースリーブタイプだったので嬉しい。

そして、露になった白い肩がまぶしい。

「じゃあスカートを捲《まく》って、パンティを見せてください」

満男の言葉に従い、美沙江は嫌がったり恥ずかしがったりせず、無表情のまま堂々とスカートを捲った。

パンティは薄紫色で、部分的にシースルーになっていた。

「それって、勝負下着ですか？」

満男が訊くと、美佐江は否定した。

「何も考えずに選んでしまったから、勝負用のを穿いてくればよかった」

とにかく、下着は派手な色とセクシーでデザインのものを好むらしい。

今穿いているパンティでも満男には充分エロティックだった。

だが、美沙江にすれば日常的に身に着けているもので、ワンピースの花柄の色とコーディネイトしたにすぎないそうだ。

「もしかして、Tバックだったりします？」

満男の質問に、人妻はすぐさま答えた。

「あっ、違います」

美沙江が後ろを向くと、白くて柔らかそうな逆ハート形の尻が、パンティからはみ出ていた。

「お尻、けっこう大きいんですね」

「コンプレックスです」

「気にすることないよ。大きなお尻を好きな男はたくさんいるし、ぼくも大好きだから」

そんな会話をしながら、満男は人妻にワンピースも脱ぐよう命じた。

美沙江のブラジャーは、パンティとお揃いの薄紫だった。ウエストがけっこうくびれており、なかなか色っぽい裸体である。

だが恥ずかしがらないので、あまりエロティックな雰囲気にならない。満男は、身体検査をしている医者の気分である。

「ブラも外して」

「わかりました」

美沙江の返事と共に、推定Cカップの美乳が出現した。

胸の上部から乳首にかけて乳房が上向きに反り、三角の形をしたピラミッド形である。

乳暈は薄茶色で、もう少し濃い色の乳首はすでにしこっていた。

「形のいいオッパイだ」

そう言って満男は正面から近づき、無遠慮に乳房を揉んだ。さらに、ピンピンの乳首をクリクリと弄ってみる。

けれど、美沙江はくすぐったそうな表情で身体をよじるだけだった。

乳首はあまり感じないタイプなのか、それとも極度の緊張が性感をブロックしているのか、いったいどちらだろう。

あるいはもっとソフトSMっぽいことを、期待しているのではないかと訊いてみた。

「目隠しとか、手首拘束プレイをやってみる?」

「……まだちょっと怖いから、今度お願いします」

美沙江の怯える気持ちもわかる。

ならば普通のセックスをしながら、よりソフトなSMテイストを取り入れて、どこまで可能なのか探るしかない。

「じゃあ、キスをしよう」

満男は言って、美佐江に接吻をした。唇が重なると、人妻は積極的に舌を突き出し絡めてきた。

さらに、満男の舌を強く吸ってしゃぶる。

そういう情熱的な口づけのあとに美沙江の顔を見たら、目の焦点が曖昧なトロンとした表情になっていた。

まるで、一気に発情スイッチが入った感じだ。

ふと思いついて、満男は美沙江の背後に回った。後ろから抱きしめて乳房を揉むと、人妻の唇から熱い吐息が漏れた。

「あっ、あっ、はううっ」

やはり、正面からの愛撫よりも断然反応がいい。

M女には、最初のうちは表情を見られたくないタイプがいるのだった。

そして満男が美沙江の腋《わき》の下に手を入れると、かなり湿っていた。

(ってことは……)

これなら秘密の花園もびしょ濡れかもしれない。

さらに満男は人妻の耳元に、熱い息を吹きかけ囁いた。

「腋汗がすごいね」

「ああっ、ごめんなさい」

美沙江は悩ましい声で悶え、軽い言葉攻めに羞恥プレイっぽく応えた。ならばと満男は、次の一手を口にした。

「いいかい。目を閉じて、両手を首の後ろで組んでごらん」

すなわち、道具を使わない目隠しと拘束である。

「これで、いいですか?」

人妻が素直に従ったので、満男は彼女の脇腹や乳房をやさしく撫で回しはじめた。

美沙江のハァハァという、艶かしい息遣いが室内に響いていた。

（やさしいだけじゃ、きっと物足りないだろう）

満男は趣向を変えて荒々しく乳房を揉んだり、乳首の頂上の少し窪んだところを爪で押した。

すると、美沙江の身体がビクビクッと激しく揺れた。

「んん？　やさしくさわられるほうが好きかな？」

満男はわざと逆の質問をして、美沙江に言わせる戦法をとった。

「ううん。は、激しいほうが好きなの」

ならばと、望みどおりに乳房を激しく揉みしだき、乳首をギュウウッとかなり強くつねった。

「あうっ、ひぁああああっ、気持ちいいいっ」

美沙江は、より悩ましい声を出して喘ぎはじめた。

バーでは痛いのは苦手と言ったが、スイッチが入ると立派なドMである。

何度も乳首をつねったあと、満男は美沙江の正面に回ってチュチュッと音を立て、甘酸っぱい香りのする腋汗を味わった。

甘い柑橘系のコロンと、美沙江自身の匂いが入り混じっており、とても淫靡なコクが満男の体内に沈殿していく。

それから、人妻の両乳首を順番に強く吸った。

甘噛みすると、ブルブル身体を震わせた。

やさしく舐めたら、甘える子犬のように「くーん、くーん」とわななく。

美沙江はフラフラしており、立っているのがつらそうなのでベッドに座らせた。

(むおお、エロいな)

股間を見ると、愛液でパンティの生地がグショグショになっていた。

しかも性器に貼りつき、ワレメの形がはっきりわかった。

腋汗に触れたときにも思ったが、きっと最初から発情してものすごく感じていたのだろう。

「たまには、自分で慰めたりするかい？　オナニーのときは、どんなふうにさわるのかな？」

満男は、メコスジをなぞりながら訊いた。もちろん、愛撫の参考にするためである。

「あんっ、んんんっ、引っ掻くようにして、けっこう強くさわります」

美沙江が言うのはクリトリス、もしくはヴァギナ内部にあるGスポットのどちらなのか。

(まあ、それに関しては、これからゆっくり確かめればいいかな)

いずれにしても、セックスでは激しいピストンを好みそうだ。

そして花園を見たくなった満男は、美沙江にパンティを脱いでもらった。

(やっぱり、パイパンか)

M女の無毛率は、とても高い。緊縛教室や、SMバーで知り合ったM女たちもたいてい脱毛済みであった。

とにかくこれで、美沙江が身に着けているのは、白いレースのソックスだけになった。

(なんだか、全裸よりもいやらしいな)

などと思いつつ満男は、仰向けになった人妻の股間に顔を埋《うず》めた。

無毛状態の白い肌とサーモンピンクのワレメ、そのコントラストがとても卑猥だった。

美沙江の両脚を大きく開かせると、閉じていた花弁がハート形に開いた。

(パイパンってのは、舐めやすいんだよな)

満男は大陰唇にペロペロ舌を這わせ、充血している小陰唇をチュパチュパしゃぶった。

そこはかとなく、レモンチーズケーキのような味と香りがした。

ヴァギナの入り口は、媚肉が複雑に折り重なり薔薇《ばら》の蕾のように見える。

クンニの最初は焦らし戦法で、大小の陰唇だけを可愛がった。

すると、膣口が盛りあがり、ジュクッとラブジュースが溢れた。

(さわってほしいのか。でも、こっちが先だな)

クリトリスの包皮から、大きめの真珠粒が半分顔を出していた。まずは、クリトリスフードに包まれている部分を舐めた。

「くはっ、はっ、はっ、はっ、ふ、ふぅぅうっ」

美沙江は細かく息を吐きながらビクンッ、ビクンッと太ももを震わせた。

満男は次に、剝き出しになっている陰核を舌先でチロチロと舐め回した。

「あああぁっ、あっ、はあんっ、んんんんっ」

美沙江のわななきが濃くなったので、もっと感じさせたいと淫ら豆に吸いつく。

そのとき、ズズズッと大きな音を出してしまった。すると美沙江は、熱い吐息混じりに感想を漏らした。

「あはぁん。音を立てて舐められるの、いやらしくて大好きです」

美沙江の言葉に、クンニ好きの満男は安堵した。ハード系M女だと、フェラ好きだがクンニを嫌がる率も高い。

恥ずかしい、もしくは汚いと思っている性器を、ご主人様に舐められたくないらしい。

実際、クンニをしないハード系S男も多いのだった。

「クチュ、チュププ、ジュルル……」

満男はしばらく音を意識しながら、ピンク色の真珠を吸ったり舐めたりしゃぶったりした。

それから、首を横に振りながらクリトリスに下唇を激しく押しつけた。

さらに舌で、やさしく縦に舐めるという方法を繰り返した。

「うぐっ、うううっ」

美沙江は息を詰め、上半身を硬直させた。イヤイヤをするように首を振ったり、起きあがりそうになったりもした。

オーガズムの兆しを感じているけれど、このままではたどり着けない。

そういうもどかしさに、悶え苦しんでいるように満男は感じた。

「美沙江さん。クリトリスとヴァギナ、どっちが気持ちいいのかな？」

満男が口唇愛撫をやめて訊くと、人妻はすぐさまはっきり答えた。

「ヴァ、ヴァギナです」

ならばと満男は、さっそく指を膣に挿入した。途端に、温かく粘り気のあるゼリーに浸っているような感触に包まれた。

膣に入れた指に、フワフワの肉ヒダがじんわり絡みつく。

指を上下に振ったら、ピチャピチャと子猫がミルクを舐めているときのような音がした。

確か美沙江は「オナニーでは引っ掻くようにして、けっこう強くさわる」と言っていた。

（とはいえ、本当に爪で引っ掻いたらヤバい）

満男は奥まで入れた指で、膣壁の腹側部分を強めに擦りながら、ゆっくり入り口まで戻した。

「待ってた、中を弄ってくれるのを待ってたの。あううっ、ふあああんっ」

喘ぎ声のトーンが、生々しく切羽詰った感じに変化した。しかも、太ももが痙攣している。

満男は、膣内の指を何度も往復させた。すると、ヴァギナの入り口近くの天井部分に、ちょっとした膨らみを見つけた。

（Gスポット、発見！）

すかさず膣内性感帯を、一定のペースで強めに押し揉みしつづけた。

「うん、そこ……。ずっと、気持ちいいのぉおん」

美沙江は、鼻にかかった甘えた声を出す。そしてヴァギナは、指の動きに合わせるかのようにユルユル広がった。

（むむ、下腹とＰＣ筋の力を抜いたのかな？）

満男は一本だった指を二本にして、Ｇスポットの押し揉みをつづけた。すると淫蜜が溢れ、チャプチャプという音が響いた。

「ぐっ、イキそうに、うぐ、なってきた」

美沙江は、快感を実況中継する。

（オーガズムの兆しが、芽吹いたって感じだな）

満男は冷静に一定のペースで、Ｇスポットの押し揉みをつづけた。

「ひっ、もうすぐぅ、ううっ、イッちゃうかも」

美沙江の宣言と共に、ユルユル弛緩していた膣肉がキュン、キュンという感じで少しずつ奥のほうから締まってきた。

（んん？　いきんでるな。産み系オーガズムか）

出産のときみたいに、息を詰めて腹に力を入れ絶頂に達するタイプの女性がいる。

満男はそれを、産み系オーガズムと呼んでいた。

そうした指を追い出そうとする動きがだんだん強くなり、尿道周りもヒクヒク蠢いていた。

「うくっ、うくっ、うくくくっ」

さらに目を閉じ身体を硬直させた美沙江の、鎖骨辺りから上の肌がピンク色に染まっていた。

そしてなぜか、左足だけをピンッと伸ばした。

「イクッ、うあああん」

美沙江は、悲鳴に近い呻き声をあげて絶頂に達した。

けれど満男は、Gスポットの圧迫をやめなかった。人妻はまんざらでもない様子で、ユルユル腰をくねらせた。

「イッたのに、イッたのにぃい、気持ちいいんっ」

エクスタシーの余韻というより、まだまだ連続でイケそうである。

(さて、乳首を舐めながら手マンをつづけるかな)

満男は美沙江に、添い寝する格好になった。

すると人妻は手を伸ばし、満男の膨らんでいる股間に指を這わせた。

ズボンの上から、エレクチオンしたペニスをそっと撫でていた。形や大きさ、硬さなどを確かめるような触れ方だった。

(こいつを、ほしがっているんだな)

満男は膣から指を抜き、美沙江の顔の横で膝立ちになった。

そしてズボンのジッパーを下ろして、隆々と勃起した灼熱の砲身を取り出した。

オーガズムを得て性欲に火がついた人妻の顔に、ゆっくり近づけていく。

男のシンボルを見つめる美沙江の表情は、とても淫靡だった。

「どうだい、しゃぶるのは好きかな?」

満男が訊くと、美沙江は頷いた。

「はい、ご奉仕します」

M女らしい返事のあとに、美沙江はチュッ、チュッと音を立てて亀頭にキスをした。

さらに、舌を伸ばして裏スジに這わせる。

「ううっ」

満男が呻くと、美沙江は彼を見あげて嬉しそうに微笑んだ。

そして肉棒の底面を裏スジから根元まで、ペロペロ舐めまくった挙句亀頭を咥えた。

口腔内でも舌先が、チロチロと尿道口やカリの部分に這い回る。

温かい唾液と粘膜の感触で、ペニスの先端が溶けてしまいそうなほど気持ちいい。

挙句の果てに美沙江は、目を閉じてオスのシンボルを深く呑み込み、ジュブジュブ大きな音を出しながらフェラチオした。

(フェラってよりも、セルフでイラマチオをしてるっぽいな)

ふと以前SMバーで、イラマチオの苦しさについて語っていた、M女のことを思い出した。

曰くエロティックな魅力以外の部分では、腹ペコ時におにぎりを喉に詰めながら食べる美味しさに似ているそうだ。

美沙江もある意味、息苦しさを楽しんでいる感じがした。

苦しさを悦びに転化する感覚は、顔面騎乗クンニも好きな満男は、よくわかるのだった。

「あむぅん、うぐぐっ、ぐふっ、はぁあああ……」

美沙江は肉棒を深く呑み込み、竿部分を唇で強くホールドしながらしごいた。手を使わず、唇と舌だけで愛撫している。

ときおり舌先だけで、チロチロとオスのシンボル全体を可愛がった。

なんともトロンとした目つきで満男を見つめつつ、勃起した陰茎にご奉仕しつづける。

「はぁあああん」

熱い吐息を亀頭に吹きかけてからまた咥え、首をゆっくり回しながら慈《いつく》しむように舌を使った。

美沙江が意識的かどうかは不明だが、舌の感触が超フェザータッチなので、満男はもどかしくてたまらなかった。

「気持ちよすぎて、もう入れたくなってきたぜ」

満男が呟くと、美沙江はペニスから口を離した。

「私も、入れてほしくなってきました」

美沙江が言うや否や、満男はベッドから降り大急ぎで、シャツとズボンと靴下とパンツを脱ぎ全裸になった。

美沙江はベッドの上で、膝と手をついた格好で待っていた。

そして、満男に尻を向けクネクネさせている。さらに、チラチラ振り返り意味深なまなざし。

「どうした？　バックでしたいのか？」

満男が訊くと、美沙江は大きく何度も頷いた。

「うふんっ。私、バックが好きなんですよね」

「理由はあるのか？」

満男はときどき、S男っぽい感じで高圧的にしゃべってみるのだが、効果的かどうかは不明だった。

そもそも、キャラに合っていない気もした。

「とっても……犯されている感じがするから」

察するにここら辺が、美沙江の被虐趣味の根幹なのかもしれない。

「なるほど。じゃあ、たくさん犯してやるよ」

「はい、お願いします」

ちなみに美沙江は、コンドームは着けてほしくないそうだ。

なんでも重い生理痛や避妊に効果がある、小さな器具を子宮内に入れているらしい。

「もっとこっちに、尻を向けてごらん」

満男は言って、ベッドの縁に突き出された美沙江の尻を両手で摑んだ。

そしてナマの怒張器官を桃色の潤った膣口にあてがい、立ったままズブリッと挿入した。

「ひっ、うあああんっ」

美沙江は背を反らながら、もっと深く入れてほしいとさらに尻を押しつけてきた。

（ふむふむ。指を入れたときよりも、弾力がある感じがする膣内だな）

ハードボイルドソーセージに肉ヒダがピタッ、ピタッとまとわりつく。

性器同士を馴染ませたくて動かずにいると、亀頭部分が熱くとろみのあるスープに浸っている感じもした。

「すっごい、奥に届いて響きます。ううっ、ああっ、ふうううっ」

美沙江はもどかしそうに、尻をくねらせながら身悶えた。

そして指入れのときと同じように、ヴァギナがキュンッ、キュンッという感じで少しずつ奥のほうから締まってきた。

満男は愚息を追い出すような動きに、負けてたまるもんかとグイグイペニスを押し込んだ。

「あああん。激しいのが好きだから、いっぱい突いてほしいのぉおおん」

美沙江のおねだりに応え、満男はズンズン荒々しくピストンした。ハードに出し入れすれば、するほどに人妻は乱れた。

肉槍の打ち込みに合わせるかのように、ムニュリムニュリと洞窟内部のうねりも激しくなった。

ヌルヌルでフワフワの肉ヒダに、サワサワ撫でられている亀頭が、ひどく気持ちいい。

激しいピストンのさなかなので、途端に射精の兆しが湧きあがってきた。

3

（ううう、ヤバい、暴発しそうだ！）

満男は焦りながら腰を振りつづけた。ピストン運動を緩めたり止めたりすれば、きっと膣から追い出されてしまう。

それに、悦んでいる美沙江のテンションを下げたくなかった。

満男は、頑張って耐えなければとＰＣ筋を絞った。けれど、腰全体が痺れてきた。もう、限界が近い段階である。

甘い官能は仙骨辺りからペニスに集まり、漏らしてしまうのを亀頭辺りで、かろうじて堰き止めている状態だった。

「大きいのがいっぱい当たって、気持ちいいんっ」

美沙江は、馬がヒヒーンと前足を持ちあげた格好になった。ＡＶ好きにはお馴染みの、ロールスロイスという体位に近い。

満男は、急に起きあがられて激しく動揺した。驚きと相まって、射精を堰き止めているヒューズが完全に飛んだ。

「ううっ、うおおおおっ」

ドクッ、ドクドクドクッと、膣奥にスペルマを注ぎ込みながら、激しいピストン運動をつづけた。

すると敏感になっている亀頭を、弾力のある膣肉が揉みつづける。なので、悶絶しそうになるほど気持ちよかった。

「熱いっ、熱いのがいっぱいっ、わかるぅううっ、うっ、うっ、ぅううっ」

美沙江が身体中を痙攣させながら叫ぶと、ヴァギナの奥が締まりペニスは半分追い出された。

そしていくら強く突いても、肉棒は半分くらいまでしか膣内に入ることができなくなった。

満男は尻を摑んで、じっとしているしかなかった。美沙江はガクッと崩れて肘をつき、尻だけを高く掲げた格好になった。

さらに、ユルユル尻を押しつけてくる。

美沙江の抜き差しをする動きに身をまかせていたら、繋がっている部分からズッチュ、ズッチュという音が聞こえた。

愛液と精液が混ざって、膣内は粘り気が増しているのだった。

満男はこのまま、長い余韻に浸っていたかった。

だが徐々に硬度を失っていく陰茎は、奥から入り口へ向かう膣肉のうねりに耐えられなかった。

結局、ヌルンと追い出されてしまった。

「あ～ん、ふぅあ～んっ」

美沙江はイヤイヤをするように、尻を左右に振りながら悶えた。

「ちょっと、休憩させてもらうよ」

満男は言って、ベッドで仰向けに寝た。暴発的射精で、少々の脱力感を覚えたのだった。

美沙江は、すかさず満男の足の間に入った。

「お清めしますね」

そう言って、亀頭に舌を這わせた。

付着しているオスのエッセンスを、舌で丁寧に舐めたり、尿道口に唇をつけ、頬をすぼめて吸ったりした。

「こんなに早くイッちゃってごめん。二回戦は長持ちすると思うし、もっと頑張るから」

満男が言うと、美沙江は陰茎から口を離した。

「ぼくは女性をイカせてからじゃないと、イってはいけないってプレッシャーがあるんだよ」

満男が早漏気味に発射したことを恥じると、美沙江はやさしい笑みを浮かべた。

「えっ、嬉しかったですよ。だって、最初のセックスで男の人が早くイクのは、私のが名器だからでしょう」

「そ、そうだね」

ナイスな気遣いのおかげで、二回戦のやる気がマンマンになった。

それから美沙江は縮んでしまった陰茎全体を口の中に入れ、キャンディを舐めるみたいにコロコロ転がした。

ギンギンにいきり立っているときと違って、感覚が鈍くなっているから少々くすぐったくて、なんだか面映《おもは》ゆい。

(でも、いいもんだな)

満男にとって、小さくなっているペニスを口で愛撫されるのは、久しぶりだった。

チュプッ、チュプッと吸引音が聞こえた。それから、尿道口を舌でチョイチョイと突かれている。

同時に、唇で竿部分を揉み込まれていた。とにかく、口腔内がたっぷりの唾液にまみれているので、ひどく心地いい。

そうこうされているうちに、少しずつ海綿体へ血液と淫気が流れ込み、勃起感覚が戻ってきた。

カリ首や裏スジなど敏感な部分に舌が触れると、ピリピリした痺れるような快感が走る。

「んんんっ、だんだん大きくなってきた」

美沙江がペニスから口を離して言うので、満男は声をかけた。

「嬉しそうだね」

「うん、感動。可愛い生き物を育ててる気分です」

美沙江は勃起していないイチモツを、口で愛撫するのが好きらしい。理由は、男の快感がダイレクトに伝わってくるから。

萎えた珍宝が口の中でピクピクして、ムクムク大きくなる。

さらに、しょっぱい先走りの汁が出てきて、最後は口腔内で射精する。そうした男のオーガズムまで繋がっているすべての過程を、コントロールしている感じがたまらないそうだ。

「フェラをしながら、あなたの運命は私の口技次第なのよって、心の中で話しかけているの」

そう言ってから美沙江は、舌先で裏スジをコチョコチョ可愛がった。

次に尿道口だけをチロチロ舐めたり、ほじくるようにもした。

つづけて、タートルヘッドだけを口に含んで、舌をプロペラのようにレロンレロン回転させる。

プラス利き手の指二本で肉竿の根元をしごき、残った手で玉袋をサワサワ撫でつづけた。

さらに頭を回しながら、怒張を深く呑み込んだ。そして吸引しつつ、肉棒の根元からてっぺんまで、唇を激しく上下に動かす。

しかも上手く強弱をつけているので、刺激に飽きることがなかった。

目を閉じてめくるめく快感にのめり込んでいるうちに、満男の欲望器官は完全に復活してカチンカチンになった。

（あれ？）

不意に、ペニス周辺から人妻の気配が消えた。

満男が目を開けると、至近距離に美沙江の顔があった。

「多田さんは、じっとしていてください」

もしかして美沙江は、騎乗位でまぐわうつもりなのだろうか。

「えっ。でも、犯されたいんじゃなかったの？」

「お口でご奉仕のあとは、性器でご奉仕するんですよ。あっ、でも……。うふふ、私が多田さんを犯すのも素敵かも」

美沙江の目つきと表情があまりにも妖艶なので、淫心が疼いてイチモツからドクリと我慢汁が一滴こぼれた。

ドMとドSが交錯するのは、ソフトSMプレイではよくあることだ。

それに肉棒を追い出す動きをする蜜壺が、騎乗位ではどんなふうに作用するか興味はつきない。

「じゃあ、さっさと犯してもらおうかな」

満男が言うと、美沙江は上体を起こしてワレメにペニスをあてがった。

ハードボイルドソーセージの裏側が、しっとり柔らかい陰唇に触れた。

（すぐに挿入するかと思ったけど、違うんだ……）

裏スジの辺りにクリトリスが当たっていた。

大小の陰唇でホットソーセージを挟んだまま、美沙江はゆっくり腰を前後に動かしはじめる。

「んんんんっ。ああっ、すごく気持ちぃいんっ」

陶酔の表情で喘ぐ美沙江に、満男は同調した。

「うん、ぼくもだ」

ヌルヌルしたワレメが醸し出すまったりした快感が、満男の身体中に広がっていった。

そんなふうに、しばらく二人で焦れったさを楽しんだ。

次に美沙江は腰を浮かし、指でオスの欲望器官を起こした。

つづけてヴァギナの入り口に、タートルヘッドをあてがい体重をかけた。

当然、ヌルリと根元までペニスが埋まった。途端に、フワフワした肉ヒダが熱い欲棒に絡みつく。

さらに膣肉がヒクッ、ヒクッと蠢いて亀頭をくすぐった。やはり、奥から徐々に締まってくる。

（なんだか愚息が膣に、きつく抱きしめられている感じがするな）

後背位とヴァギナのニュアンスが違うし、騎乗位だと体重がかかっているから追い出される心配はなさそうだった。

「なんだか多田さんの、さっきよりも大きくて硬い気がする」

美沙江は呟き、ゆっくり上下に腰を動かす杭打ちピストンを始めた。

しばらくすると抜くときはゆっくり、入れるときは素早く緩急をつけた。しかも、ズンッと力強く尻を落とした。

「ああん、私のアソコ、気持ちいいですか？」

美沙江は、満男を見つめて訊いた。

「うん。美沙江さんのアソコは、ものすごく気持ちいいよ」

満男が答えると、人妻は恍惚の表情で笑みを浮かべた。頬には濡れた黒髪が、ベッタリと貼りついている。

「嬉しい。もっと気持ちよくしてあげるぅ」

美沙江は呟きながら、腰を動かしつづけた。

ハアハア息を荒らげ、次第に激しく腰を上下に打ちつけていった。

性器の抜き差しのたびに、ペチッ、ペチッという湿った音が響いた。

「奥が、奥がいいのぉ」

美沙江は朦朧とした表情で身悶えつつ、両手で満男の乳首を弄り始めた。

最初はやさしくつまんで可愛がり、ときおり強くつねった。

「あうっ、乳首がヤバい」

満男の呻きと共に、ジンジンした甘い痺れがペニスの根元に伝わった。気持ちよくてPC筋を締めたら、肉棒がビクンビクン跳ねた。

すると、美沙江の杭打ちピストンが止まった。

「今の、もっとして」

「これかな？」

請われて満男は、膣内のイチモツをビクンビクンさせつづけた。

「そ、それ。あうう、うぐぐ、んぐぐぐぐっ」

美沙江は目を閉じ、息を詰めた。

（おおおおおっ）

満男はヴァギナの味わいが、また変化していることに気づいた。

後背位や杭打ちピストンのときは、奥から締まって男性器を追い出そうとする動きだった。

なのに今はときどき膣口周辺、中間、奥の方がランダムに締まるのだ。

しかも膣肉のうねりがないときは、フワフワの肉ヒダがペニスをやさしく包んでいた。

「美沙江さん、あの……」

満男が膣内の変化を伝えようとしたら、人妻は首を横にブンブン振った。

「待って、待って……ちょっと今、しゃべりたくない。集中させて！」

おそらく湧きあがる快感を、余すところなく堪能したいという意味なのだろう。

(本当に気持ちいいときは、声を出せないタイプなのかもな)

などと思いつつ、満男は美沙江を見守った。腰はまったく動かさないが、腹筋が波打っていた。

陰茎の竿部分は肉ヒダにくすぐられつづけ、亀頭は降りてきた子宮口に吸いつかれていた。

(もしかして、イキそうになってるのかな？)

満男が見守りをつづけていたら、美沙江は目を開けて呟いた。

「ダメ、来なかった」

「えっと、何が？」

「穏やかな気持ちよさが、新鮮だったの」

「そっか。激しいのが好きって言ってたもんな」

「うん。私、もっと気持ちよくなれるのかも」

「もちろん、なれるよ」

そう言って満男は、美沙江の尻を両手でパシーンッと叩いた。

「えええっ、気持ちいい。なんで？　どうして？」

美沙江は満男に、突然の快感の理由を訊いた。

「そりゃあ、スパンキングの効果だよ」

満男は、尻を叩かれて感じた美沙江に言った。

「ドMなのに、スパンキング体験もないの？」

「だって、痛いのは嫌いですから」

「今のは、痛かった？」

「全然。だから、どうしてなのか不思議」

「お尻はダメージが少ないからね。スパンキングって叩かれてるお尻より、むしろ叩いてる手のほうが痛くなるんだよ」

「へえ、そうなんですか」

「気持ちよかったのは、子宮に響いたからだと思う。特に今は、ぼくのペニスがポルチオに当たっているから、きっと中と外のダブル効果があったんだよ」

そう言って満男は、再び美沙江の尻を両手でパシーンッと叩いた。

「あうぅうーん。本当だ、すごく響いてる」

美沙江は喘ぎつつ、腰をグラインドさせていた。

「もっといっぱい、叩いてあげようか？」

満男が尻を撫でながら訊くと、美佐江は質問を返した。

「バックで繋がりながら、スパンキングをしてもらうのって可能ですか？」

「できるけど」

「騎乗位より後背位のほうが、多田さんのがいい角度で当たるんです」

「ああ、なるほど」

満男に異論はなかった。

美沙江は満男から降りて膝と手をつき、赤ん坊がハイハイするときの格好になろうとした。

「どうせなら、あっちに移動しようか」

ちょっとしたアイディアが閃《ひらめ》いた満男は、バスルーム方向を指さした。

そして二人はテクテク、鏡のある洗面スペースまで歩いた。

つまりアイディアというのは、鏡の前で立ちバックをすることである。

美沙江は洗面スペースに手をついて立ち、鏡の中にいる自分を見ていた。

真後ろから、抱きしめるようにして両乳房に触れると人妻は喘いだ。

「あはぁん、自分がさわられるところを見るのって、とってもエッチ」

鏡に映った自分の姿に驚いていた。スパンキングと同様、これも初めてなのかもしれない。

「でも緊縛した姿だと、もっとセクシーだと思うな」

「多田さんって、縛りもできるの？」

「基本的なやつだけですけどね。まあしばらく、緊縛教室に通《かよ》ってた時期もあるから」

「じゃあぜひ、今度縛ってください」

リピートを望むとはいい傾向である。

「いいですよ」

満男は言って、十本の指の腹で人妻の下乳をサワサワ撫でた。

オッパイの形を歪ませることなく、羽毛タッチで絶妙な肌の触れ合いを楽しんだ。

それから中指で乳房の形に円を描き、麓《ふもと》から頂上まで渦巻状に進んで、乳暈をなぞって止めた。

速度を変化させながら、それを何度か繰り返す。指の腹ではなく、爪でも同じようになぞった。

それから満男は、UFOキャッチャーのクレーンのように、わざと乳房を摑みそこねる愛撫も試みた。

「はあっ、はああっ、感じてるときって私、こんな顔をするんだ、ぁあん」

美沙江は、息を荒らげながら呟いた。どうやら鏡を使ったプレイに、どっぷり浸かっている。

(そろそろ、頃合いかな)

満男は、美沙江の乳首に指を掠《かす》らせた。一瞬だけの乳首刺激で、人妻の上半身がガクンと揺れた。

「ここをさわられるのが、好きなのかな?」

乳頭を何度もノックしながら満男が訊くと、美沙江は腰をクネクネさせながら悶えた。

「うっ、うっ、うううっ、気持ち、いいいいっ」

次に満男は親指と人差し指と中指を使って、絹ごし豆腐を壊さない程度の力で両乳首をつまんだ。

右に四、左に七、もう一度右に九。まるで、古い映画に出てくる金庫破りの気分で愛撫した。

「くううう。気持ちよすぎて、も、もう、立ってるのが、つらいかも」

そう言って美沙江は、お辞儀をするように上半身を前のめりにした。

さらに尻と太ももをブルブル震わせつつ、踵《かかと》を上げたり下げたりもした。

結局、姿勢の変化で満男の手は、人妻の乳房から離れてしまった。

「まだまだ。これからセックスをするんだから、ちゃんと立ってないとダメだよ」

満男はガチガチの肉棒を人妻の股間に刺し、濡れている淫裂を撫でた。

「あー、これもいいっ」

美沙江は、尻振りダンスを始めた。

プリンプリン揺れるヒップは、早くペニスを入れてほしいと催促しているように見えた。

「こらっ、勝手に尻を振るんじゃない！」

満男は言って、ペチンッ、ペチンッと平手でスパンキングを始めた。

未挿入状態ながら、なるべく子宮に響かせるように尻を叩いた。

「はぁんっ、ごめんなさい。許してぇえええっ」

叩くほどにプリリンッ、プリリンッと尻のくねりが大きくなった。

ドMの美沙江にとっての「許して」は「もっと」と同義語である。

きっと叫べは叫ぶほど被虐感覚にのめり込めるのだろう。

「ふふ、そう簡単には許せないかなあ」

満男はパシンッ、パシンッとさらに強く尻を叩いた。すると美沙江は、しゃっくりのような喘ぎ声を出した。

「ひっく、ひぃいいっく、ひっくっ」

そうやって数十発叩くうちに、人妻の尻はピンク色に染まっていった。

(手が痛くて、もうそろそろ限界だな)

満男の手の平は、熱感を伴《ともな》い美沙江の尻よりも赤くなっていた。

「このまま、繋がろうね」

満男が耳元で囁くと、美沙江は熱い吐息で返事をした。そしてピンクに染まった尻を、グイッと突き出した。

(美沙江は準備ＯＫ！　お前は？)

満男が聞くまでもなく、愚息は元気だった。

(まったく、一回出したあとなのに頼もしいな)

ビンビンの愚息を褒めつつ、ヴァギナの入り口にあてがう。

そして両手で美沙江の手首を摑み、拘束感を高めようとヒップの上辺りで交差させた。

さらに満男は腰をグッと前に突き出して、亀頭を柔らかくヌルヌルの洞窟にめり込ませた。

「うぁあああんっ」

美沙江は、大きく喘いで全身を震わせた。

立ちバックだと女洞窟は狭く感じる。なので満男はメリッ、メリッというふうに、ゆっくりイチモツを挿入していった。

半分くらい埋まったところで、人妻の踵が浮きはじめた。肉棒を根元まで挿入したときには、つま先立ちになっていた。

(そういえば、美沙江はクンニのとき、左足だけピンッと伸ばしてイッたな。もしかしたら、オーガズムが近いのか?)

満男が鏡を見ると、美沙江は目を閉じて湧きあがる快感に集中していた。

すぐにイカせるより、もう少し楽しみたい満男は、スパンキングしながら話しかけることにした。

手首の拘束をやめ、両手で尻をパシーンと叩いたら人妻は目を開けた。

「美沙江さんは、吸盤付きのディルドでオナニーをしたことある？」

「えっ、ないです」

「だったら次に会ったときは、緊縛とディルドで調教しようかな」

「オモチャなら、吸うやつも試してみたい」

吸うやつとは、クリトリスを吸引するタイプのセックストイである。

ちなみに、グラビアアイドルが不倫に使ったことで、一気にネームバリューがアップした。

「美沙江さんは、中イキ派なのに外イキにも興味があるんだね」

「みんなクリイキするから、私も憧れてるの」

「普通と逆で面白いな。じゃあクリイキも、調教のテーマにしよう」

「あはぁん、楽しみがいっぱい。多田さんとだったら、鞭とか蠟燭にも挑戦してみたくなるぅん」

美沙江は言いながら、悩ましい吐息を漏らした。

会話をしながらずっとスパンキングをされつづけていたので、ポルチオに響いて気持ちいいのだ。

そしてこのセックスは、満男にも特別な快感をもたらす。

(これこれ。スパンキングのあとの立ちバックは、尻の熱さがたまらないんだよな)

スパンキングで少し腫れた尻と、膣内部の温度がほぼ同じなので、通常よりも深く繋がっている感じがするのだった。

満男は人妻のウエストを摑み、抜き差しせず緩やかに腰を揺らしつづけた。

「イ・キ・そ・う……」

鏡に映った美沙江が呟くので、満男は彼女の耳元で囁いた。

「まだ、イッちゃダメ」

「許してっ」

美沙江は呟き、オーガズムに達した。

第四章　小股から牡丹餅

1

満男がいつものように、シーモネーターというバーへ行くと、若い女性に話しかけられた。

「もしかして噂の中イキ職人、多田さんですか？」

スモーキーブルーのTシャツワンピースに、レギンスというファションがキュートだった。

しかも胸の隆起から推察すると、F～Gカップの巨乳である。

「えっと、ぼくは多田ですけど……」

戸惑っていたら、マスターが満男にウインク。

「いつもの、ハイボールとミックスナッツでいいですか？」

その問いに頷くと、マスターはナッツをカウンターに置きつつ満男に耳打ちした。

曰く、女性の名前は百合子《ゆりこ》。二十三歳の若妻で、最近になって膣内が気持ちよくなってきた。

けれど、セックスレスに悩んでいるらしい。なので三人の人妻に評判のよい、満男の話題で盛りあがっていたそうだ。

（なるほど、アゲマン効果がまだつづいてるのか）

満男は、百合子とマスターに微笑んだ。そしてハイボールを飲みながら、若妻と会話を弾ませた。

「つまり性感開発と中イキに興味があるけど、旦那さんが相手にしてくれないってこと？」

満男が百合子の主張をまとめると、彼女は大きく数回頷いた。

「だからもう、自己開発をするしかないのかなって、最近は思ってました」

「百合子さんは、どのレベルですか？　クリイキは、確実にできる？」

「たぶん、ですけど。もしかしたら、まだよくわかってないかも……」

百合子はオカッパのサイドと後ろ側を伸ばした、プリンセスカットと呼ばれる髪形が素敵だった。

その下に、ふっくらした可愛い丸顔。微笑むと昼寝をしている猫っぽい目も好ましい。

鼻筋は通っており、口角も綺麗に上がっていた。

「オナニーだと、なんとなくイク感じかな？」

「はい。あと、あの、性感開発に興味はあるし、中イキは体験したいけど、セックスはちょっと困るというか……」

どうやら百合子は、満男に中イキ指南してもらう気マンマンのようだ。

「躊躇《ちゅうちょ》しちゃう？」

「ええ、浮気になってしまうというか……」

「クンニとか、指入れも浮気ですか？」

「それは、大丈夫です」

貞節のボーダーラインは、性器挿入と理解した。

「わかりました。ところで百合子さんは、乳首イキの経験はありますか？」

「えっ、そんなのもあるんですか？」

百合子は驚きの表情で、生唾を飲み込んだ。

「未経験か。でも、散々焦らされたあげくの乳首イキは、気持ちいいよ」

「あの……。これからいろいろ、体験させてもらうのって可能ですか？」

「もちろん」

ということで、満男は百合子とバーを出てラブホへ行くことになった。

2

満男は性器挿入をしない約束で、百合子とラブホテルに入った。

「ち、乳首イキのためには、ななな、何をするんですか？」

若妻は、強張った表情で掠れた声を出した。

「基本的に、オッパイの性感マッサージですね」

「最初は、それでお願いします。服は脱いだほうがいいですか？」

百合子に訊かれ、満男は笑顔で返答した。

「ブラジャーは外して、上半身はインナーだけになってもらえるかな」

いきなり全裸だと、若妻は緊張して性感モードになりにくい気がした。

乳首に限らず、オーガズムのためにはリラックスが必要なのだ。

「わかりました」

百合子はTシャツワンピースを脱いで、やはりスモーキーブルーのタンクトップに、黒のレギンスという姿になった。

次にスルスルと、器用にブラジャーを取った。

そして二人は、ベッドに並んで座った。頬を紅潮させた百合子は、下を向いている。

満男は若妻の肩に腕を回し、女肉の柔らかさを味わった。

適度な皮下脂肪と酔いのせいも相まって、百合子の身体はふんわりしていてとても温かい。

(ノーブラだし、早くさわられたくて、オッパイがウズウズしてるかも)

そう思いつつ胸部に手を添えると、モッチリしているナマ乳の感触が伝わり、改めて柔らかさと存在感に圧倒される。

(慌てるナントカはもらいが少ないから、まあじっくりと攻めるか……)

満男は若妻の耳を舐めつつ、レギンスに包まれたムチムチの太ももを、指先でサワサワ撫でた。

「んんっ、ふっ、ああん」

百合子は耳が弱点らしく、高めの甘えた喘ぎ声を漏らした。

そしてなんと満男のほうを向き直り、胸をグイと突き出す魅惑的なおねだりポーズをした。

「いいね。早く可愛がられたいのかな？」

満男が囁くと、百合子は無言で頷いた。スモーキーブルーのタンクトップに包まれたオッパイはたわわに実っていた。

乳首のみならず乳暈まで、まださわっていないにもかかわらず、ぷっくりと存在を主張していた。

満男は疼《うず》いて硬くなっている乳首を、もっと敏感で気持ちよくなれるように仕込みたくなった。

だからまずは、じっくり乳暈を焦らし抜くことにした。

もう一度若妻の弱点である耳にやさしくキスをしながら、ボリューム感のある乳房をムニュムニュ揉んだ。

乳暈のある場所を指の腹でスリスリさすると、それだけで百合子の身体が震えるのがわかった。

さらにスベスベ素材のタンクトップの上から、乳暈のどこが特に弱いか丹念に探していった。

「んくっ……。ああ、あうぁあ……ぁひぃんっ」

若妻のわななきが響く。

「この辺りかぁ」

愛撫をしばらくつづけると、可愛らしい声の出るところがわかってくる。

満男は百合子の乳暈を、布の上から少し強めにカリカリ掻いて虐めた。

「ここを、こうすると」

「うあぁひあっ、ふあぁぁあっく、んんんんっ」

百合子はまだ乳暈だけの愛撫とは思えないほど、身体をくねらせ喘ぎ声をたくさん出した。

「すごく可愛いよ」

満男は若妻の頬にキスをして、ボリュームのあるオッパイを楽しみながら、乳暈をねっとりじっくり虐め抜いた。

少し爪を立てて、クリンクリン輪郭を回るように掻いたり。

あるいは親指と中指でクニュクニュ潰しながら、特に敏感なところを人差し指でカリカリしたり。

百合子はそのつど太ももをピクピク痙攣させ、エッチな吐息を「あはん、あはぁん」と絞り出す。

汗を掻いているからなのか、タンクトップの布地が乳肌にピッタリ貼りついていた。

さらにぷっくり盛りあがった乳暈は、まるで快感が詰まっているように見える。

まだ一度もさわられていない乳首さえも、布越しでもわかるほどパンパンに膨れて、ものすごくいやらしい。

満男はぼちぼち頃合いとみて、乳首を指でピンッと軽く弾いてあげた。

「あっ、はうぅううっ！」

百合子の大きな喘ぎと共に、身体がビクンッと跳ねあがった。

そこからは乳暈を中心に攻めながら、たまにご褒美として乳首を弾いてあげることを繰り返した。

もちろん大きな乳房を搾るように揉んだり、乳首に触れるか触れないかギリギリのタッチで、期待を高めたりもした。

（オッパイを可愛がる場合、焦らしがメインで乳首愛撫はデザート。そういう気持ちで挑むのが大事だからな）

満男は散々焦らしてから、指で乳首をピンピンピンピン数回弾いた。

「あっ、ひっ、うあっ」

百合子はもっともっという感じで、胸をグイグイ反らせながら可愛い声を振り絞って身悶える。

抱きかかえた背中は、ものすごく熱かった。

(でも、そろそろ……)

満男は、もっと乳首攻めの頻度を増やしていくことにした。

乳頭を指の腹でスリスリ撫でたり、側面をクニュクニュ弄ったりしながら、若妻の耳をチュパチュパしゃぶった。

「乳首、気持ちいいねえ」

満男が囁くと、百合子は蕩けた声で一生懸命に返事をしてくれた。

「ひゃうう、気持ちいいですぅ。ひっ、ひあぅ」

特に布地の上から強めに掻かれるのが弱いようで、逃げられないように抱えながらカリカリカリカリ攻めつづけた。

「きゃはあん、あぁう、あっ、あっ、あっ」

切羽詰まった可愛らしい声が部屋に響き渡り、百合子は強張った身体をビクンビクン揺らした。

心ゆくまで布越しオッパイを攻めた満男は、若妻に尋ねた。

「百合子さん、乳首イキまでつづけてみますか？」

「えっと……」

「この先は舐めたり、しゃぶったりしますけど」

「大丈夫です」

百合子は言って、タンクトップを脱いだ。そして満男に促されベッドで仰向けになった。

「もう少し、足を広げてもらえるかな」

満男は言いつつ、レギンス一枚の百合子に正常位の格好で覆い被さった。

そしてレギンス越しの淫裂部分に、ズボン越しであるがハードボイルドソーセージの裏側を密着させた。

ＰＣ筋を使って花園をノックすると、すかさず百合子が満男の尻に両足を絡めてきた。

たぶん感じすぎて下半身がだるくなっており、太ももで男の腰を圧迫していないと落ち着かないのだろう。

「両手は頭の後ろで組んで、最初のうちは目を閉じてください。視覚を遮断したほうが、性感はアップしますからね」

そう言って満男は、スケベ視線で若妻の巨乳を観察する。

若さゆえだろうか、仰向けなのに乳房は横に流れず丸い形を保っている。

しかも、単に大きいだけでない。

ぷっくり膨らんだ薄桃色の乳暈やツンッと上向きの乳首から、メスのフェロモンが溢れ出ている感じがするエロ乳だった。

「なるべく、気持ちよさからは逃げないでくださいね。それと、もしもクリトリスでイキそうになったら、教えてください」

「どうしてですか？」

「オーガズムの寸前で止めるほうが、乳首の感度開発がしやすいんですよ」

布越し愛撫での豊かな反応を鑑《かんが》みると、乳首イキまではあと一歩という気がしていた。

「わかりました」

「それでは、始めます」

満男は宣言して、脇から寄せるように両乳房を摑んだ。

真っ白くて丸い巨乳に、無骨な指が食い込む様子がじつに卑猥である。

指を広げやさしくフワフワ揉んでいたら、ピンピンになりすぎた乳首が痛そうに見える。

だから、パクッと乳暈ごと咥えた。

その瞬間、百合子は「んあっ」と大きな声を出しつつ息を呑み込んだ。

満男はヌルヌルの舌でしこった乳首を、たっぷり舐め転がしてからチューチュー吸った。

もう片方は揉みながら、乳頭を指先でコシュコシュ擦った。

「ふぅううん、ああっ、はあぁあ〜ん」

百合子は背中を反らせて熱い息を吐き、もっとつづけてほしいとばかりにおねだりをした。

さらに尻に絡めていた両脚を解き、シーツに足の裏をつけ踏ん張って少し腰を浮かせた。

つまり、秘所を男根に擦りつけながら身悶えていた。

満男は、百合子の快感をグレードアップさせてあげようと、腰をヴァイブレーションさせた。

「しゅごいしゅごい、しゅごく気持ちいいいっ」

若妻は甘えた声色《こわいろ》で、三種のミックス快感に悶えつづけた。

今まであまり刺激されていなかったクリトリスは、亀頭に圧迫されながら微振動を味わう。

片方の乳暈と乳首はたっぷりの唾液がまみれた舌で舐められ、もう片方の乳暈と乳首は数本の指で弄ばれているのだった。

それから満男は、百合子が飽きないように、単発の愛撫に切り替えた。

乳首を舌でペロペロすると、「はぅあああっ」。

チューチュー吸うと、「ひぃいいいっ」。

指でコシュコシュ弄ると、「うぐぐぐぐっ」。

腰のヴァイブレーションで生じる、裏スジ経由の陰核刺激の場合には、「くぅおおおおっ」。

可愛がる方法や部位の違いで、喘ぎの音色が変化するのが興味深かった。

次にしゃぶっていた乳首から口を離し、もう片方をパックンチョ&ペロペロ&チューチューした。

唾液でふやけたほうの乳首は指でコネコネ。

もちろん、腰のヴァイブ刺激もミックスした。

「気持ちよすぎておかしくなっちゃう、ぅうっ、くぅううっ、はぁん、オッパイを可愛がられているだけなのにぃいぃ」

百合子の快感報告を聞きながら、満男は乳首を唇で押し潰したりしごいたり、チロチロ舌先だけで舐めたりした。

そして、乳房をずっとヤワヤワ揉み、腰をクネクネ揺らしていた。

すると、ついに百合子は太ももをビクビクさせ、切羽詰った声を出した。

「もう、オッパイだけじゃなくて、身体全体がフワフワでフニャフニャになってますぅううう。あっ、クリでイキそう。あっあっあっあっ」

クリ絶頂が近いことを知った満男は、腰のヴァイブレーションを止めオッパイ攻めに集中した。

クリトリスへの刺激よりも、乳首快感をメインにしてオーガズムを味わってもらうためである。

そのためには寸止めという手法が重要なので、乳首をクニュクニュ舌で弄びつつ、もう片方は指でカリカリと掻く。

快感がダウンしたら、腰のヴァイブ刺激でアップさせ、昇り詰める寸前にまた止める。

段階的に陰核の気持ちよさを連動させることで、乳首感度をアップさせていく目論見《もくろみ》だった。

「あっ、ううん、あううう、いやんいやぁあぁあん」

百合子は気持ちいいけれど、イクことはできない寸止めの感覚に、オッパイを揉まれながら身悶えしている。

ときおり、腰が震えるのが愛らしい。百合子が陰部を押しつけてきても、満男は腰を引いて密着させなかった。

そうやって七、八回くらいおあずけをつづけたが、まだ乳首だけではオーガズムに到達できないようだった。

（ううむ、寸止め以外の手を考えるか……）

満男が乳首イキを諦めかけると、百合子は戸惑い混じりの驚きと愛撫の継続を訴えた。

「あっ、あれ？　そのまま、つづけて、お願いっ」

「わかった、こうだね」

満男は若妻の左右の乳頭を、爪でカリカリ掻きつづけた。

「うそっ！　もうイキそう。あっ、イッちゃう、イクイクイクゥウウウ」

百合子は急に白い喉を見せ、反らせた胸部を硬直させた。もちろん女性器部分は、満男の股間と密着していない。

どうやら乳首愛撫だけで、オーガズムに達することができたようだ。

しばらくして、熱い吐息混じりに百合子は呟いた。

「はぁあああ。うそぉおん、本当にオッパイだけでイッちゃった」

若妻の色白の肌は汗ばみ、耳や首元は桜色に紅潮していた。

身体から力が抜けてぐったりとしているが、乳首だけが、フルフル痙攣していて可愛い。

「すごかった。頭の中が、快感で沸騰して真っ白になったの」

百合子が、たった今得たオーガズムの感覚を語るので、満男は補足した。

「なるほど、面白いですね。乳首の甘い痺れが、脳天に突き抜ける感じと表現する人もいますよ」

「うんうん、わかるぅ」

「ちなみに、乳首だと連続イキが可能ですけど挑戦してみますか？」

「それもいいけど……あの、多田さん。乳首でいっぱい感じると、下のほうがムズムズするの。イッたら収まるかと思ったら、全然で……」

「わかります、ぼくも乳首でイッたあとはそうなるから。もしよかったら、クンニしましょうか」

「お、お願いします」

「でははでは、たっぷりさせていただきます」

そう言って満男は百合子のレギンスと、下に穿いているスモーキーブルーでシームレスのTバックパンティを脱がせた。

(下ツキだから、このままじゃ舐めにくいな)

満男は百合子の尻の下に枕を敷いて、クンニリングスをすることにした。

まずはおもむろに、若妻の両脚をM字に開いた。

目に飛び込んできたのは、真っ白い太ももとふっくらしたビーナスの丘に密生する、濃い目の陰毛であった。

まったく縮れておらず、しっとりしたストレートの黒髪のような質感で、逆立って炎のような形になっている。

どこか幼さが残る顔とのギャップがありまくりで、とてつもなくエロい。

さらに、視線を下げて花園全体を観察する。

ワレメ全体が長めで、大陰唇や肛門周辺というIラインやOラインは、エステで処理済みなのか無毛状態になっていた。

小陰唇が閉じているので、会陰部はまだ見えない。だがオッパイ愛撫の効果によって、秘所全体が愛液でテラテラ光っていた。

膨らんだ陰核には、欲情エキスが詰まっている。

上半分だけフードに包まれ、剝けている下のほうからは綺麗なピンク真珠が顔を出していた。

(さて、どうやって舐めようか……)

満男は思案しつつ、左の内ももから大陰唇を舐めあげ、クリ包皮を通って右側の大陰唇や内ももを可愛がる。

そして同様の段取りで、左右の往復を何回か繰り返した。

「うふぅううん」

百合子は甘ったるい息を吐き出しながら、淫裂の始まりのところを引っ張って陰核包皮を剝いた。

(おっ。これは焦れったいから、さっさと直接舐めろってことだな)

つまり百合子は、普段の自慰でも剝き出し部分を直接弄るほうが感じる。

もしくは、その段階までウォーミングアップが済んでいるのだろう。

（それでは、お望みどおりに……）

まずはたっぷりの唾液にまみれさせた舌先で、完全に剝き出しになったピンク真珠の下側、時計に喩えるなら六時の部分をペロリペロリ舐めた。

スローなペースで、数ミリくらいの動きだ。途端に百合子は、声を震わせはじめた。

「う、うう、うあああっ」

くぐもった呻きが、次第に大きくはっきりした喘ぎに変化した。

次に満男は、陰核の三時と九時のところに舌を這わせて可愛がった。

「き、気持ちいい、あっ、ふっ、ふおおっ」

若妻の喘ぎを聞きながら、満男はさらに十二時の方向を愛撫した。

舌先で包皮の奥をほじくりながら、舌の裏側でクリ上部表面をくすぐったのだ。

「どうしよう、すごく気持ちっ、ひぃいいいっ」

百合子は太ももを痙攣させて身悶えるが、満男にとってはまだまだ小手調べの段階である。

今一度、花園から顔を離して仕切り直し。

左右の大陰唇を指でくつろげると、濡れた花弁が開いた。

クリトリスに熱い息を吹きかけると、肉厚な小陰唇がヒラヒラ揺れた。

会陰部を眺めていたら、陰核からはそこそこ距離があるけれど、尿道口と膣口と肛門は比較的密集してるとわかった。

「もっと気持ちよく、してあげますからね」

満男は宣言して、舌の広くて平たい中腹部分を女蜜まみれの膣口につけ、ゆっくり会陰部を舐めあげていった。

クリトリスに到達したら、十数秒くらい舌を震わせ、帰り道は舌の裏側を遣って舐め下がった。

「いやぁあああん、いぃいいいのぉおおおお」

百合子は脱力して、満男の舌をじっくり味わっていた。スローでロングストロークな、上下の動きがたまらないらしい。

「多田さん。あ、あの、あの、足を伸ばしてもいいですか？」

「もちろん、リラックスしてください」

満男は答え、百合子は両脚をピンと伸ばした。

(百合子は、足ピンオナニーでフィニッシュするタイプってことだな)

推察して満男は、中イキを目指すために必要な質問をした。

「膣内の性感検査を、してもかまいませんか？」

満男が訊くと、両脚を伸ばした百合子が頷いた。

「はい、やさしくしてくださいね」

許可を得た満男は、蜜まみれになっているヴァギナの入り口に、そっと中指をあてがう。

ゆっくり押していたら「あっ、はぁあああん」という甘い喘ぎと共に指が膣内にめり込んだ。

(フワフワしてるな)

ファーストコンタクトでは膣口がキュッと締まる場合が多いのだが、百合子まだ締め方がよくわからないのかもしれない。

とりあえず指で膣壁の腹側部分を、やさしく撫でながら奥へ進んだ。

けれど途中にあるGスポットを押しても、もっと奥のポルチオを揺すっても反応はなかった。

(うーむ。入り口が少し感じる程度で、膣内は未開発状態ってことか)

満男は指をGスポットまで戻し、少しずつ圧力を加えていった。

そして、再びクリトリスに舌を這わせる。まずは舌の幅広い部分を押しつけた。

(とりあえず、クンニでイカせてあげないとな……)

そして舌の力を抜き、柔らかい舌を面で当てながら、一定のリズムで舐めつづけた。途中で緩急などつけず、舌先を尖らせたり、舐めるスピードを変えたりもしない。最初から最後まで舌は柔らかいまま、一定のスピードで舐めつづけるほうがオーガズムに達しやすい。

クンニとは、すなわち忍耐である。

「ふぁあああ、イキそうになってきた……」

百合子は絶頂の兆しを告げる。

満男は舌のリズムとスピードはもちろん、Gスポットの圧迫具合も変化させずに粛々《しゅくしゅく》とクンニをつづけた。

なぜならば「イキそう」から「イク」までには、数十秒から数分のタイムラグがあるからだ。

「あっ……。イッ、くぅうううっ」

ほどなく百合子は、オーガズムに達し両脚を突っ張らせた。

そして、満男が舌と指の動きをつづけていたら疑問を口にした。

「あれっ、どうして？ イッたあとはクリが敏感になって、もうさわりたくないってなるはずなのに？ 自分でするときは、一回で満腹なのに？」

今は、まだまだイケそうだと不思議がった。

「舌だと静かでやさしいタッチだから？　もしかして中に指が入っているから、中イキなの？」

矢継ぎ早に訊かれ、満男は陰核から舌を離した。

「そうかもしれない」

Ｇスポットを圧迫しながら、陰核を穏やかなペースで舐めると、連続イキが可能になる。

もちろん、誰でもそうなるわけではないが。

3

「百合子さんは、指で剝きクリを激しく擦るでしょ。だから、一回のオナニーで粘膜が敏感になるんじゃないかな」

満男が言うと、若妻は大きく頷いた。

「確かにそうかも。あと多田さん、クリイキと中イキって同じなの？」

「クリイキは頭の中が真っ白になって、電気が走るような気持ちよさ。Ｇスポットでイクときは、身体の奥深いところから全身に気持ちよさが溢れるらしいですけど……」

「今のは溢れる感じだったような、違うような。うーん、よくわからない」

「最近の研究では、Gスポットは体内に埋まっているクリトリスの足、もしくは根の部分という説が有力らしいけどね」

「じゃあ、女なら誰にでもあるってこと？」

「あるというか、感じてくると出現するみたいな。最初から膨らんでるとか、ザラザラしてる場所とは限らないんだよね」

満男が風俗や出会い系で、多くの女性器をさわった実感である。

「だからたぶん、さっきのは外と中の両側から、クリトリスを愛撫してイッた感じだよ」

「だとしたら、外イキか中イキかわからないのも納得ね」

「Gスポットイキのほうが深いってのは、なかなか達しないからだと思うんだよな。ぼくの場合でも、射精よりも前立腺からアプローチするドライオーガズムのほうが深いし、連続イキが可能で賢者タイムがないからね」

「へえ、面白い。メスイキもできるなんて、多田さんってすごいですね」

「いやいや。百合子さんもイキ癖をつければ、自由自在に中イキできるようになるから」

満男は理屈だけでなく、若妻の膣内快感をもっとバージョンアップさせてあげたくなった。

そしていつの間にか中指で押さえているGスポット部分が、さっきよりも膨らみを増していることに気づいた。

満男が指を微振動させると、百合子は眉根を寄せて呻いた。

「あう、あう、すごくブルブルしてるぅう」

「気持ちいいですか？　ここが百合子さんのGスポットですよ」

「は、はい、いいぃいですぅ。あふっ、ワタシにも、あったんですね」

「今はすごく膨らんでるから、さわってみる？　それとも快感を忘れないうちに、Gスポットをもっと開発する？　クリ舐めとミックスすれば、たぶんもう二、三回くらいイケるよ」

「か、開発を、おおう、お願いしますぅ」

「それでは」

満男は中指の微振動をつづけながら、もう片方の手で陰核包皮を剝いた。

そして、露になった淫ら豆を舌の横移動で嬲った。すなわち、車のワイパーみたいにスライドさせたのだ。

「ひゃうぅううん。舌だと、指よりもソフトでたまらないん、んんっ」

百合子は喘ぎ、快感に集中しはじめた。

若妻にクンニの感想を聞いたあと、満男はクリ&GミックスとGスポットの微振動だけの愛撫を交互に繰り返した。

ミックスだとすぐにオーガズムの兆しが来るようだが、微振動オンリーだと焦れったそうだ。

(膣内だけを刺激してイクには、まだまだ時間がかかりそうだな……)

そう結論づけ、満男は陰核から舌を離し宣言した。

「では指だと絶対に不可能な、クリトリスの快感を味わってください」

そして中指の微振動はそのまま、包皮ごと陰核に吸いついた。

さらにトロトロの唾液まみれの口腔内で、ピンク真珠を舐め転がす愛撫を施した。

「こ、これ好き、一番好きかも。ほああ、しゅごい、また来たっ……。あっ、イッ、くぅううう」

百合子は喘ぎ、オーガズムの快感に集中した。

満男は、ミックス愛撫でイカせたあともＧスポットの微振動をつづけた。すると百合子は、上体を起こし満男に呟いた。

「どうしよう。イッちゃったら、ものすごくセックスがしたくなったの」

「ぼくはかまわないけど、挿入行為だと浮気になっちゃうんでしょう」

「こ、これ」

百合子はベッドのヘッドボードにある小さな籠から、コンドームを取って満男に差し出した。

「ナマ中出しは浮気だけど、コンドームを着ければ接触しているのはゴムだから、絶対に浮気じゃないもん」

奇妙な理屈だが、セックスを正当化することに異議を唱える意思はない。

「ですよね、浮気にはなりませんよね。特にＧスポット経由ポルチオイキみたいな膣内の性感開発には、ペニスの長さが不可欠ですから」

実際にはディルドで代用できるが、満男は理由を欲している百合子をあと押ししたのである。

「ポルチオイキって最高なんでしょう、憧れてるの」

若妻は、Ｐスポット開発にも興味津々みたいだ。

「百合子さんなら、イケるようになれますよ」

「あのね、そもそもワタシが中イキを目指してるのって、今はレスだけど、いつかセックスで夫と同時にイケるようになりたいからなの」

「なるほど」

「それができるようになれば、きっと夫も喜ぶし、レスも解消できるかもって思うの」

「ですよね、セックスで旦那さんに合わせてイケるまで、頑張りましょう」

満男は言いながら服を脱ぎ、コンドームを隆々と勃起したオスの欲望器官に装着した。

そして正常位のポジションで、伸ばしていた百合子の両脚をM字に開き、ペニスをヴァギナにあてがった。

腰枕をしたままなので、とても挿入しやすい。

そのうえクンニと手マンによるオーガズムで、ヴァギナ内部は充分にほぐれていた。

満男がほんの少し腰を前に進めるだけで、亀頭がヌルヌルした柔らかい膣肉にめり込んでいく。

ほどなく肉棒は、根元まで蜜壷に埋まった。

「痛くないですか？」

満男が訊くと、質問とは関係ない答えが返ってきた。

「すごい、こんなに奥まで入るなんて」

百合子が感激しているので、満男は説明した。

「腰枕のおかげですよ」

「なんでお尻の下に枕って思ったけど、こんなにすごい効果があるなんて」

どうやら夫婦の営みでは、腰枕を試したことがなかったようだ。

それから満男は、性器同士がフィットするまでじっとしていた。

「えっと、動かさないんですか？」

百合子は、不思議そうな表情で訊く。

「そろそろ、動かしますかね」

満男はPC筋を使って肉竿をビクンビクン揺らした。

「あん、ああん、ピクピクしてるぅ」

「気持ちいいですか？」

「奥、奥が気持ちいい」

ならばと満男は、二人の恥丘が離れないように注意しつつ、小さなスローピストン運動を始めた。

「うふうん、いい気持ち。多田さんは、気持ちいいですか？」

「もちろんです。百合子さんの膣は、けっこう名器って感じですから」

少々誇張した言い方だが、たいていの女性は性器にコンプレックスを抱えているので、褒めることは重要なのだ。

オーガズムを経た若妻のヴァギナ内部は、フワフワしたヒダがヒクヒク蠢いて、亀頭や竿部分絡みつく感じがたまらない。

それを伝えると、百合子は素直に喜んだ。

「多田さんみたいに、経験豊富な人に言われると嬉しいな。でもわたし、男の人は激しく動かないと、気持ちよくないのかと思ってた」

おそらく、夫のセックスがそうなのであろう。

性交痛を気遣うこともなく、妻の性器をオナホのように扱い、射精へ一直線というパターンだ。

「最初から激しくすると、お互いの淡い快感がわからなくなりますからね。Gスポットやポルチオの刺激による中イキを、自在にコントロールできるようになるためには、小さな気持ちよさを逃さないことが大切なんです」

「ワタシも、早く自由自在に中イキできるようになりたいな」

百合子は、切実な表情で訴える。

（むむむ。なんだか、あの人妻みたいだな）

満男は以前、夫婦のセックスでイク演技が当たり前になっている人妻の相談に乗った。

今さらオーガズムに達していないとは、夫に告白できないそうだ。

だから夫の雑なセックスに合わせてイケるように、膣快感を開発してほしいと頼まれた。

そして人妻は、満男のアドバイスとセックスで、自在に中イキできるようになったのだ。

だから満男は百合子にも、くだんの人妻と同じパターンの性行為を試してみようと思った。

「ただ、開発には時間がかかるよ」

満男が言うと、百合子は真顔で訊いた。

「一回や二回のセックスでは、ポルチオイキにたどり着けないってことですか？」

若妻の問いに、満男は腰の動きを止めて答えた。

「そうだね。今のところ百合子さんは、クリとGのミックス愛撫で中イキしたばかりだからさ。Gスポットのみ、ポルチオと段階を踏んでイキ癖をつけないと、自在な中イキは無理だよ」

「普通は何回くらい、かかるんですか？」

「回数は人それぞれだから、わからないよ。でもある程度感覚が摑めたら、受け身でいるだけじゃなくて、自習というかディルドを使ったオナニーをするのが一番の早道だと思うよ」

「なんだか大変そう」

「いやいや。膣内性感がアップロードされて、ひたすら気持ちよくなってくだけだから」

「そ、そうですよねえ」

「大丈夫。百合子さんは、もう中イキの片鱗《へんりん》を摑めたんだから」

満男は言って、腰の動きを再開した。

ペニスを奥まで入れたまま腰をユラユラさせるのみならず、屈曲位でGスポットを撫でるようにもした。

そして、膣口を集中的に刺激する亀頭の出し入れで快感をチェックした。

「ひゃあん、気持ちいい」

百合子はよがるものの、クンニや手マン同様、膣内快感だけではオーガズムを得られそうにない。

できることなら、ペニスを挿入しながらイカせてあげたかった。

方法はいくつかあるが、自慰の方法などを鑑みて確実なものを選択した。

締《し》め小股《こまた》と呼ばれる、足ピン正常位だ。

まずは繋がったまま、百合子に両脚を真っ直ぐ伸ばしてもらった。そして、満男は若妻の両脚を跨ぐ格好になった。

「百合子さん。太ももを、ギュッて閉じてごらん」

「うん」

「んで、こうすれば……」

満男がピストン運動を始めると、百合子は彼の背中に手を回しヒシと抱きしめた。

「うああ、すごいいいっ。クリと中のすごくいいところが擦れて、足を伸ばしていられるなんて最高っ」

「よかった。じゃあ、つづけますね」

この体位だと、男のシンボルは浅い場所にしか届かない。

えぐるようにピストン運動をすれば、包皮ごとクリトリスを巻き込み、膣口とGスポットを集中的に刺激できるのだ。

（ふぅむ。百合子さん、ずっと太ももを締めてるな。喘ぎと呼吸の感じからすると、もうすぐイケるはずだが……）

満男が一定のリズムでピストン運動をつづけると、若妻の喘ぎと呼吸は、クンニでイッたときにドンドン近づいていった。

（このままつづければ……）

とにかく今は、ペニスを膣内に入れた状態でのオーガズムが目標である。

「あふぅん。多田さん、チューして」

百合子は熱い吐息混じりの声で言い、唇を開いて赤い舌を突き出した。

そして満男が応じた途端、舌がねっとり絡まる。

熱烈で濃厚な接吻をしながら、満男は腰を動かしつづけた。

（っしゃー、よい兆候だ）

さらに満男は、心の中でガッツポーズをした。

なぜならば、セックス中にキスを求める女性は、高確率でセフレになってくれるからだ。

「イキそう、もうすぐイッちゃう。やああ、多田さん。一緒にイキたいん」

百合子は急に舌と唇を離し、満男を見つめてロマンティックなおねだりをした。

きっと、自分だけ気を遣《や》るのが恥ずかしいからだろう。

たいていの場合、中イキのビギナーはセックスで男女同時イキを望む。

逆に連続イキが可能な、中イキのベテランは求めない。

男が射精をすると、インターバルが必要だし、賢者タイムもあるからだ。

そして満男は、射精よりも百合子の性感開発を優先させたかった。

少なくとも、自分の意思で中イキできるようになるまでは、セフレとなって関係をつづけたい。

それに今の段階で、セックスしながらイケる体位もいくつか伝授したかった。

(でもまあ一回くらい射精しても、ちょっと休めばすぐに復活するか)

満男がイカなければ、百合子はきっと自分のせいだと思うだろう。

だが男女同時イキが実現すれば、性器の能力や女としての魅力に関して、自信を深めるに違いない。

(遅漏モード、オフ!)

満男は自由自在にイケる方法を、風俗に通い詰めていた頃に会得《えとく》しているのだった。

プレイが始まってすぐに射精だと時間が余るし、射精できずに終わると、料金がもったいない。

そうした経験を繰り返したのちに、オーガズムをコントロールできるようになったのだ。

もちろん、たまに突然の射精感に見舞われ、粗相《そそう》することもあるが。

(射精スイッチ、オン!)

亀頭が、温かいゼリーみたいな膣肉に浸って心地いい。

膣口のキュンキュン締まりが頻繁になっており、抜き差しのたびにカリ首の段差が刺激される。

さらに太ももの圧力で肉竿がしごかれるのがたまらなく、たちまち射精感がこみあげてきた。

「百合子さん、一緒にイキましょう。もう我慢できない、出ちゃいそうだ」

満男が告げると、若妻は恍惚の表情で承知した。

「いっぱい出して、あうう、イクイクイクッ」

「おううっ、出る出る出るうぅおおおおっ」

満男は、ドクドク精液を注ぎながらピストン運動をつづけた。

愛液が多くヴァギナ内部の粘り気も増しているので、繋がっている部分からズッチュ、ズッチュという淫音が聞こえた。

「あはぁん、一緒にイクって素敵ぃ」

百合子は、身体中を痙攣させながら呻いた。

フワフワのヒダが、敏感になっている亀頭をくすぐりつづけるので、満男は悶絶しそうになるほど気持ちいい。

「うんうん。心置きなく、満足感に浸れるよな」

などと言いつつ、射精の余韻に浸った。意外なことに、肉棒はまったく萎えずバキバキだった。

(やっぱり初めての相手だと、スケベ心が衰えないってことかね)

まったく、抜かずの二回戦ができそうな勢いの勃起なのである。

「ちなみに足ピン正常位は、太ももで強くペニスを締めるから、男もムチャクチャ気持ちいいんだよ。激しく動きたがりの旦那さん、試したらきっとハマるんじゃない」

満男が言うと、百合子は苦笑した。

「そうかも。でも、レスが解消しないと無理ね」

「まあ、前向きに考えましょう。ところで旦那さんとのセックス、どういう体位が多かった？」

「バックが多かった。なんか、よく締まるんだって。あとレスになる直前は、ワタシがフェラして、夫が勃ったら騎乗位ってパターンばっかり。それで、ワタシも嫌になっちゃったんだ」

「じゃあ、足ピン騎乗位でも試してみよっか」

満男はイチモツを抜き、一度百合子から離れた。そして、コンドームを着け換え仰向けになった。

「でも、騎乗位って男にサービスする体位じゃないですかあ。本当に、ワタシが気持ちよくなれるのかなあ」

百合子は半信半疑の表情で、仰向けの満男に渋々跨った。

そして膣に陰茎を挿入し、腰を垂直方向に動かす杭打ち騎乗位を始めた。

「ストップ。えっとね、身体を斜め後ろに傾けてごらん」

満男は言って、膝を立てた。

「手は、ぼくの膝に置けばいいから」

「こ、こうですか」

百合子は従い、再び腰を上下に振りはじめた。

「あふっ、これってGスポットが擦れる」

「騎乗位も、捨てたもんじゃないでしょう。ちょっと身体の角度を変えるだけで、自由に好きなだけGスポットを刺激できるんだよ」

「うふぅん、本当に、ああっ、気持ちいいんっ」

百合子は喘ぎ、激しく腰を動かしつづけてGスポット快感に没頭した。

しばらくして疲れたのか、腰を振るスピードが緩んだ。

これ幸いと満男は、両手で百合子の腰骨の辺りを摑んで言った。

「次は、クリトリスが気持ちよくなる動き方を教えてあげる。手はぼくの胸に置いて、こんなふうに腰を動かしてごらん」

満男は、百合子の腰を持った手を前後させた。

グラインド騎乗位という、腰を水平方向に動かす方法である。

「ふぁあああ、クリと奥も気持ちいいいいっ」

百合子はすぐにコツを摑んで、自在に腰を振りはじめた。

前後左右、あるいは円を描くようにした。まるで、ベリーダンサーみたいだった。

杭打ちでもグラインドでも、騎乗位は女性がイニシアチブをとれる。

そして湧きあがる快感に没頭すれば、オーガズムの呼び水となるのだ。

「ヤバい、気持ちよすぎてやみつきになりそう。けど、少し休憩したい」

百合子は言い、満男から降りて添い寝した。

「多田さん、合格よ」

微笑むのだが、満男には意味不明だった。

「はい？」

「だから私は合格にする。まだ最終選考があるけど、たぶん大丈夫よ」

「何のことやら……」

「だからワタシたちの店で、雇うかどうかの試験のことでしょ。えっと、聞いてないの、マスターか美智子さんから」

百合子の発言では理解できないので、満男はさらに尋ねた。

「全然……。あの、ワタシたちって？」

「美智子さんと一葉さんと、美沙江さんとワタシとマスター」

「店って、シーモネーターですか？」

「違うってば。ワタシたち、人妻向け風俗店を起《た》ちあげるから、セラピストを探していたのよ。でね、若いイケメンはいるんだけど、テクニシャンの中年が見つからなかったの。それでマスターが多田さんを推薦するから、みんなで順番にセックス試験したってわけ」

「試験だったのか……」

満男はてっきり、アゲマン効果によるモテ期だと思っていた。

「じゃあ、マスターと皆さんの繋がりって……」

「美智子さんの夫なの」

「マジっすか？　あの二人は夫婦なんすか？」

「うん、そうだよ」

「ぼくが美智子さんとセックスしたのって、ヤバくないっすか？」

「違うんだなあ。むしろそれが、あの夫婦の円満の秘訣なんだよねー」

「はい？」

「ＮＴＲ夫婦。美智子さんはポリアモリーっぽい人で、マスターは美智子さん一途《いちず》だけど、寝取らせ趣味なの」

「そうなんですか」

「最終選考に合格したら、ウチでセラピストをやる気ある？」

「もちろん」

「じゃあ、まだ足ピン騎乗位を教えてもらってないし、さっきのつづきしよ」

そう言って百合子が勃起ペニスを握るので、満男は激しく頷いた。

(なんとタダマンどころか、セックスをして報酬がもらえる裏バイトに採用されたのか……。まったくもって、これから毎日がエロエロな生活になりそうだ)

満男は、素直に喜ぶのであった。

第五章　願望足りて絶頂を知る

1

満男は水曜の夜に、本村愛莉《もとむらあいり》という二十五歳の若妻と電話で話していた。もちろんシーモネーターというバーで知り合った、四人の人妻とマスターが経営する人妻向け風俗店の仕事である。

最終選考は電話によるカウンセリングやデートのみの客数人を、性感マッサージに持ち込めるどうかなのだ。

「じつはわたし、ときどき痴漢されている夢を見るんです」

愛莉の告白に、満男は質問を重ねた。

「えーと、それは電車の中でとか？」

「はい」

「なるほど。過去に、そういう体験があるんですか？」

「学生時代とOLの頃にありますけど、気持ち悪いだけでした。でも……」

「嫌なはずなのに、夢の中では気持ちよかった」

「どうしてわかるんですか？　しかも同じ夢を何回も見ていて、わたしはTバックのパンティを穿いて、痴漢を待っていたりもするんです。もしかして、わたしは人よりも性欲が強くて欲求不満なんでしょうか？」

愛莉の夫婦生活は単なるセックスレスよりも複雑らしく、欲求不満になるのも当然なのだが、そう言ってしまっては元も子もない。

すでにカウンセリングは数回こなしているので、満男としてはぼちぼち性感マッサージの予約をさせたかった。

「いやいやいや。性欲が強いわけでも弱いわけでもなく、とても普通だと思います。本村さんの場合は、痴漢をされるという設定で表出しましたが、自分の意思ではなく、あくまで受身のカタチで性欲を満たすパターンは、知らない男に犯されるなどいろいろあるようですよ。眠っているときに夢を見るだけではなく、そうしたセクシャルファンタジーでマスターベーションをする女性も多いんです。まあ性欲に対して、罪悪感があるからでしょうね」

「普通ですか。そうですよね、安心しました」

愛莉は祖父が会長、父が社長であるそこそこの企業令嬢で、夫は取り引き銀行の頭取の息子だった。つまりは、一種の政略結婚をしていた。

だが夫婦仲はいいし、夫は家事も率先して手伝い、アニバーサリー、旅行などにもマメで問題はないどころか完璧だった。

なのにベッドタイムは、子作りセックスだけなのだ。妻が感じることにまったく興味なく、セックスに必要なのは妊娠のタイミングと射精という考えの持ち主だった。

排卵日を狙った性交は愛撫もそこそこに、膣の濡れが足りなければ潤滑剤を使い、挿入したら一直線に射精しておしまい。どうやら、そもそもセックスには興味がないらしい。

なので、愛莉は自分が楽しむセックスは外注することにした。だが実践は躊躇しており、カウンセリングオンリーで踏みとどまっている状態だった。おそらくは、ナチュラルに納得できる理由を探している。

「もしかしたら同じ内容を再現すれば、痴漢の夢に悩まされることはなくなるかもしれませんね」

満男が言うと、愛莉は軽く驚きつつ質問を返した。

「えっ。そんなこと、可能なんですか？」

「はい、お任せください。ホームページにある予約フォームで、性感マッサージコースを選んでいただければ対応できます」

「でしたら、あの、じつは……」

愛莉は予約するか否かについての明言を避けたが、痴漢された夢の詳細と、もう一つの淫らな願望について語りはじめた。

2

それから一週間後の夜、満男と愛莉はラブホテルにいた。つまり、最終選考の一発目はクリアできたわけなのだ。そして部屋にはベッドの他に、電車内を模《も》したセットがある。

「わあ、素敵。大人のテーマパークって感じですね」

愛莉の言葉に、満男は頷きながら答えた。

「あはは、確かにそうだ」

「こんなラブホテルがあるなんて、今まで生きてきて知りませんでした」

「最近は、いろいろなコンセプトルームがありますからね。女子が喜ぶリゾート風とか室内にプールがある部屋、SM専門のところなど、都内のラブホテル巡りをするのもいいものですよ」

「へえ、楽しそう」

愛莉は嬉しそうに言って、吊り革を摑んだり座席に座ったり感触を確かめながらはしゃいだ。

胸まで伸びた黒いストレートヘアは艶々しており、細面で色白の顔によく似合っていた。目は切れ長の一重《ひとえ》で少し捲りあがった上唇がエロティックな、少々陰のある薄幸そうな美人である。

(しかしなんというか、セックスは正常位でしかしませんと言われたら、納得してしまいそうな品格があるな……)

満男は微笑みながら、スケベ視線で愛莉の観察をつづけた。身長は百六十二センチくらいで、全体的にほっそりしており、横から見ると薄い身体だった。しかし、出るべきところはそこそこ出ていた。

控え目に盛りあがった胸部は推定Cカップで、上向きで大きめな尻も魅力的だった。臙脂《えんじ》色でボディラインを強調する仕立ての、おそらく素材はカシミヤであるワンピース姿なのでよくわかった。

しかもキュッとくびれて小気味よいウエストには、お洒落《しゃれ》アイテムの意味合いが強い、黒くて太いベルトが緩めに巻かれていた。

さらにワンピースの丈は膝上二十センチで、そこから長い足がスッと伸びている。黒ストッキングに包まれた美脚は、脹脛《ふくらはぎ》と足首のバランスがよく満男好みだった。

「じゃあ、痴漢プレイを始めましょうか」

そう言って満男は、愛莉にコードレス・イヤフォンを渡した。

「ちょっと、聞いてみてください」

スマホのミュージックライブラリーを開き、選曲したBGMを流した。

「あっ、これって!」

イヤフォンを装着した愛莉は、即座に意図を理解し頷いた。鉄道マニア向けの、走る電車音のBGMを流したのだ。山の手線一周分で、駅に着くと車掌のアナウンスやドアの開閉音、人々のざわめきの音まで入っている。

「まず吊り革を摑んで、座席の前に立ってください」

満男に言われて、愛莉は素直に従った。もちろんBGMのボリュームは、こちらの声が聞こえる程度に調整してあるのだった。

しばしの間、電車の中にいる気分になるため、愛莉は吊り革に掴まり目を閉じていた。正面にある窓枠が鏡になっているので、表情を確認することができた。満男は、愛莉の後ろに立ち視線を落とした。

(それにしても、そそる尻だ)

こんもりと上を向いており、張り出しが大きい。いわゆる出っ尻だった。

(さてと……)

痴漢役になりきり、観客のいない即興エロ芝居を始める。

(ここは満員電車の中……俺は卑劣でいやらしい全女性の敵……痴漢男)

満男は、愛莉にピタリと寄り添い自己暗示をかけた。意識を手のひらに集中して、若妻の尻に触れようとしたとき、心の中で懐かしい声が聞こえた。

『違うだろう。まずは手の甲で、尻にご挨拶だろう。あくまで電車の揺れで、偶然に触れてしまったかのように。忘れたのか、いきなり手のひらでさわって拒絶される奴はバカだ。セックスのときに、キスも愛撫もしないで挿入するみたいなもんだぜ』

誰の声なのかは、すぐにわかった。

（そうか。満員電車の痴漢といえばO師匠、彼が憑依《ひょうい》したんだな）

AVに、痴漢モノというジャンルがある。満男は学生時代に、痴漢モノの撮影現場にバイトで参加したことがあった。そこに、プロ痴漢と称する中年男優のO師匠がいたのだ。

なぜか気に入られ、撮影後に酒を飲みに行った。そこで痴漢テクニックを、延々とレクチャーされた。満員電車での痴漢行為は、最低最悪の犯罪だが、O氏曰く手と尻の恋愛なのである。

『それは、言語のない野生動物の世界なんだよ。男の手が気に入った尻をさわり、さわられた女の尻が、拒絶せずに受け入れた瞬間に花開き、降りる駅に着いたらエンディング。ただそれだけ。決して成就《じょうじゅ》することのない、世界でもっとも短い純性愛ドラマだ』と熱く語っていた。

とにかく、受け入れられた瞬間、全身に血が巡る感じがたまらないそうだ

だから、痴漢はやめられないらしい。AVの撮影現場では重宝《ちょうほう》がられていたが、O師匠がプライベートで痴漢行為をしていたかどうかは定かではない。

（股間はギンギラギンに、手はさりげなく……だったな）

満男はO師匠の教えを思い出しながら、まず右手の甲で若妻尻の左側に触れた。そ

して、しばらくは動かさない。とにかくゆっくり少しずつ、触れる面積を増やしていく。

（そうそう、生肌の感触がすべてというわけじゃない、ってか……）

尻を包んでいるのが、柔らかいカシミア生地なので、触れている手も心地よいのだ。さらに軽く押して、肉の張り具合を確かめるのも楽しい。

『いいぞ。そうこうしているうちに、女は体重をあずけてくる。それが、手を裏返してもいいってサインだ』

またもや心の中で、O師匠が指導してくれた。その直後、愛莉がもたれかかってきたので右手を反転させ、尻肉のカーブを手のひらでやさしく包む。

愛莉の体温がだんだんと、満男の手のひらに伝わってきた。なのでじっくり形を確かめるように撫で、そろりそろりと力を加えていく。

（ふむふむ。硬すぎず柔らかすぎず、ほどよい脂肪のつき具合だな）

楽しんでいたら突然、尻の筋肉がキュッと収縮して、すぐに緩んだ。

（おおっ、これは！　女の性感に火がつきはじめたってことですよね？）

『そうだ。しかし、焦ってはいけない。燻《くす》ぶってきた程度だからな。おれの場合、左右分け隔《へだ》てなく揉む。そして、割れ目を目指す。おっと。いわゆるアソコじゃなくて、尻の割れ目のことだぜい』

（わかりました！）

手を尻の右側に移動して、左と同様に可愛がった。それから、尾てい骨辺りに中指を置き、割れ目探検に向かう。

『そこは、一秒で五ミリくらいのスピードかな。最初は上から下へ、そして下から上へ。徐々にスピードアップして、最終的にはアヌスとアソコの間辺りを、コチョコチョしてやるんだ。そうすっとね、たいていの女は、足を開き気味にして尻も突き出すよ。つまり痒いところに手が届かないから、掻いて～ってな気持ちになってるわけだ』

O師匠の言葉に従い中指をジワジワと尻の割れ目に埋める往復運動を、生肌ではなくカシミアとパンティ生地越しに遂行した。きっと愛莉は、スカートの中を淫らな芋虫が、モゾモゾと蠢いているように感じていることだろう。

ときおり臀筋をキュッと締めて、中指の動きを阻止する。そこをグニグニ無理やり進むと、若妻は尻全体をもどかしげにクネクネさせた。まさに尻が「痒いところに手が届かないから、掻いて～」と主張しているように思えた。

アヌスとアソコの間辺り、すなわち蟻の門渡りをくすぐると、気をつけのポーズで立っていた愛莉が休めのポーズになった。背中を弓なりに反らせて、尻を突き出してくる。

満男は、鏡を覗き込み愛莉を観察した。平静を装っているが、呼吸を荒らげ胸の辺りが激しく上下していた。

(よしっ、発情エンジンが温まってきたぞ)

『だからって、いきなりアソコにはさわるなよ。さあ、どうする？　ここが、腕の見せどころだぞ。なんだかんだいって、女ってのは意外性が好きだからな』

O師匠に言われ、満男はスケベ脳をフル回転させた。

(あっ、そうだ！)

グッドアイディアが閃《ひらめ》いた。いつの間にか、イチモツがズボンの中で痛いほど屹立していた。手と尻の恋愛には、性エネルギーを充電するスローセックス的な効果があるのかもしれない。

などと思いつつ満男は蟻の門渡りから指を外し、ズボンの中にある熱く硬いオスの昂りをスカートを隔てた尻の割れ目部分に押しつけた。

「あっ、ぁあぅんっ」

愛莉は小さく悶え、バキバキの欲棒に尻を押しつけた。

満男が男根をビクンビクン動かし尻をノックしたら、臀筋をキュキュッと収縮させて返事をしてくれた。

そんなふうにペニスとヒップのコール&レスポンスを数回楽しんでいたら、愛莉は吊り革を摑んだまま勢いよくクルンッと身体を回転させた。つまり正面から向かい合い、ピッタリくっついて満男の胸に顔を埋めた。

(よっしゃ、たっぷり可愛がったるでぇ)

満男はカシミアワンピースの裾を太もものつけ根辺りまでたくしあげ、両手で尻を摑みグッと引き寄せた。そして右足を一歩前に出すと、太ももに愛莉の淫裂部分が当たった。

とても熱く湿気を帯びているのが、ズボンの上からでもわかった。なので右足の踵を上げ、太ももで女の園をジワジワ圧迫していった。

さらに黒ストッキングに包まれた太ももの裏側に指を這わせ、ゆっくりとナメクジの速度でメス器官の中心部に近づく。

(むむむ。こ、これはっ!)

太ももの上部まで昇って驚いた。いきなりストッキングが途切れ、生肌になったからだ。愛莉が身につけていたのは、パンストではなかった。

ガーターベルトなしでも履ける、上端にゴムが編み込まれているセパレートタイプのストッキングだった。

(エロい、じつにエロい。まったくもって、俺好みにエロすぎてけしからん)

満男は、しっとり柔らかい内ももの生肌を撫でてから、花園を目指して進んだ。そして、パンティと尻の境い目を探したのだが見つからない。結局、両手で摑んでいるのは、つきたての餅のような生尻である。

(えええっ! まさか、ノーパン?)

と思ったら違った。尻の割れ目に向かったら、太目の紐みたいなパンティ生地に触れた。つまり、Tバックを穿いていたのだ。

(俺としたことが、すっかり忘れていたぜ……)

満男は思い出した。愛莉はカウンセリングのとき、同じ夢を何回も見てTバックのパンティを穿いて痴漢を待っていたという発言をしていたのだ。

(あーっ。もう、辛抱たまらん)

満男は愛莉のワンピースを腰まで一気に捲りあげて、お洒落ベルトに引っかけた。

するとと真っ白い下腹、黒のTバックパンティ、真っ白い太もも、セパレートタイプの黒ストッキングというツートンカラーの淫らな下半身が露出した。

「いっ、いやぁんっ」

拒絶の意味ではない甘い声を出し、愛莉は再びクルンッと後ろを向く。途端に、ツンッと上向きの白桃みたいな尻が剝き出しになった。

（むおおっ。まったく、なんちゅういやらしい格好や）

思わず心のつぶやきが、インチキ関西弁になってしまった。こういう中途半端な着エロは、全裸よりも卑猥だ。

（それでは、性器の感度をチェックしちゃいますからねー）

指を淫裂部分に這わせると、パンティ生地が蜜液でジュクジュクになっているのがわかった。クリトリスも膨らんでいるので、カリカリと軽く搔くような愛撫を加えた。するといきなり、

「あううぅっ。どうしよう、イッちゃった」

愛莉は掠れた声でつぶやき、ガクッとその場にへたり込んでしまった。

3

オーガズムのあと休憩を挟み、愛莉のもう一つの淫らな願望である逆ソーププレイ

を叶えるために、二人は全裸でバスルームに入った。

「多田さん」

「はい」

「あの……。痴漢プレイは、すごかったです」

「ありがとうございます」

「とにかく、丁寧にお尻や太ももを撫でられたのが新鮮でした」

「だったらこれから行う逆ソーププレイは、ボディソープやローションを使って、身体全体を丁寧に愛撫しますからもっと気持ちよくなれますよ」

「本当ですか。うふふ、楽しみです」

そんな会話を交わしたあと、

「……なんだかこれ、変わった形ですね」

愛莉は椅子を見て言った。ソープランドに行ったことのある男なら誰でも知っている、局部が洗いやすい凹型の通称スケベ椅子のことだった。

シーモネーターのマスターがホテル側に事前連絡して、バスルームにソープランドセットを仕込んでくれたのである。このラブホテルの支配人は、マスターのＮＴＲ仲間なので、いろいろ融通を利かせることができたのだ。

「ではまず身体を軽く洗いますから、変わった椅子に座ってください」

「はい」

愛莉は返事をして、スケベ椅子に腰掛けた。

「温度は、このくらいで大丈夫ですか？」

満男はシャワーの湯を、愛莉の手首に当てた。

「ええと、もう少し熱くても大丈夫です……あっ、このくらいで」

温度調節のオーケーが出たので、背中から始めて若妻の全身をサッと流す。それから、クリーミーな泡タイプのボディソープを両手に取り、愛莉の正面に跪《ひざまず》いた。

まず、右手の指に泡を塗る。指を一本ずつ握って洗い、手のひらもマッサージしつつ、泡まみれにした。

「こんなふうに自分の身体を、男性に洗ってもらうのって初めてだから、少し照れくさいですね」

「ふふ、すぐに慣れますよ。これからボディ洗いをして、そのあとにローションを使ったマットプレイです。終わった頃には、やみつきになっているかもしれませんね」

おしゃべりをしながら、手首に移り肘から肩方面にバブルマッサージを施していった。それから立ちあがって、右肩と腋の下に泡を塗ったあと、再び腕を揉んでいたら愛莉が訊いた。

「あのう、わたしの腕って、太くないですか？」

「別に、太くないと思いますよ。あっ、もしかして振袖肉ってのを、気にしてるんですね。全然大丈夫じゃないですか」

「うーん。でも、十代の頃よりは、太くなってるんですよねー」

「男目線で言わせてもらうと、本村さんは、もう少し脂肪をつけたほうが、魅力的だと思います」

「ついてほしくないところには、いっぱいついてるんですけどね、脂肪」

右が終わったので、同様の段取りで左手指から肩までを泡まみれにする。

「多田さん、腕の肉の柔らかさと乳房は同じってよく聞くけど本当？」

しゃべりながら愛莉は、目の前で揺れる満男のイチモツを見つめていた。もちろん、フル勃起してバキバキ状態である。

「どうでしょうねえ。あとで確かめてみましょう」

満男は言って、愛莉のVゾーンに泡を塗るためにしゃがんだ。

「失礼しまーす」

女体の臍《へそ》から太ももの付け根辺りに、泡まみれの手を這わせる。

「ほらぁ、脂肪が最初について最後に落ちるはずの腹部も、スッキリしているじゃないですか。体型はまったく崩れていないし、このスタイルを維持するのは、大変でしょう」

リップサービスをしながら、チョロチョロと生えている薄いヘアも泡だらけにした。

愛莉はスケベ椅子に足を閉じて座っていたので、右太ももに泡を塗りながら「少し足を開いてくださいね」と促す。

それから満男は、自分の股間も泡まみれにした。さらに愛莉の右太ももに跨って、体重をかけないように気をつけながら泡まみれの玉袋を滑らせた。

「あんっ、いやらしいキノコが迫ってくるぅ」

愛莉は、嬉しそうに喘いだ。なので何度か往復させて、下腹辺りをツンツン突く。もちろん、左太ももでも同様にした。

つづけて愛莉の膝から下を、股に挟み込んで屹立を擦りつける。足の裏まで泡まみれにして、もちろん足指も一本ずつ洗った。ペニスで女体を撫でることにより、オスの欲望を存分に感じてもらうのが目的なのだ。

「んふぅううん」

愛莉は、男性自身の熱さを肌に感じて吐息も漏らした。いつの間にか、両足は百二十度くらいに開かれており、淫裂が丸見えになっていた。

満男はスケベ椅子の凹《くぼ》みに手を入れ愛莉の股間の底部分、淫裂の始まりから尾てい骨近くまでを丁寧に洗った。

「あああっ、いやぁああんっ」

白い喉を見せながら、愛莉が甘く悶えた。指や手のひらだけではなく、手首から肘までを使って何度も往復させたのだ。花園部分は、すでに泡など必要ないくらいにヌルヌルしていて、じつに滑りがよかった。

「これで下半身は、すべて泡まみれになったので、上半身を洗いますね」

満男は宣言し、愛莉の首や肩から胸元部分に泡を塗る。

「それにしても、本当に綺麗な身体ですね。うん、デコルテラインが絶品だ」

「あん、嬉しい」

呟く愛莉は、ボーッとした表情になってた。

「それと、鎖骨の形がいいですねえ、鎖骨美人だ」

顔のいい女性は、人が褒めない場所を褒めてやると喜ぶ。当然、人が褒めているであろう部位を褒めることも忘れてはならない。

「まったく、奇跡のようにくびれてますねえ。エステだけじゃなくて、フィットネスクラブでいろんなエクササイズをこなしているんですか。それとも、生まれつきかな？」

ウエストラインをなぞり、オッパイの形を確かめるように円を描きつつ、胸部にも泡を塗った。

「でも、胸、ちっちゃいでしょう？」

これは、そんなことありませんよという答えを求めているはずだ。

「大きすぎず小さすぎず、一番いいサイズですよ。ほら、手のひらにピッタリ収まる。それに……」

満男がコリコリになっていた乳首を指で細かく弾きながら言うと、途端に愛莉は悩ましい声で喘いだ。

「あっ、あっ、ああんっ」

「ほら、とても敏感だ」

満男は言って自分の胸にも泡を塗り、愛莉を抱きしめる。そうやって、女体の背中にも泡を塗り込めた。

「うふぅんっ、人肌がこんなに温かいって忘れてました」

愛莉は、熱い息混じりのしみじみした口調で呟いた。

「そうだ、乳首は……」

満男は愛莉の耳元で囁く。

「これをこうして……」

ゆっくり立ちあがって、ペニスの先端で乳首を擦った。

「いやらしい、いやらしい。もうっ、こんなエッチな洗い方をするなんて」

愛莉は、上半身をクネクネと揺らしながら喘いだ。

「はい、そろそろ終了です。泡を流しますよぉ」

カリ首による乳首愛撫をしばらく二人で楽しんでから、満男はシャワーの湯を愛莉の背中にかけた。快感の余韻に浸っていた愛莉は、とても残念そうな表情になった。

(大丈夫。このあとすぐ、お楽しみが待っているのだ。すなわちそれは……)

満男は心の中で呟きながら、スケベ椅子の凹部分にシャワーヘッドを入れて、アヌス、ヴァギナ、クリトリスについた泡を流した。

「うくっ、うくっ、これっ、これって。ううっ」

水圧による刺激で、愛莉の身体がビクビクッと震えた。クリトリスを剝き、シャワーを当てつづけたら、前のめりになって足を踏ん張った。

「だっ、だめっ。んんんっ、またイッちゃうん」

愛莉は、爪先立ちになって硬直した。

4

二回目のオーガズムのあと愛莉は、やや放心状態で湯に浸かっていた。その間に、満男はシャワーの湯でローションを溶き入念に混ぜた。

それが終わったら、マットにシャワーをかけて温める。頭が当たる部分には、バスタオルを敷いた。そして、湯と混ぜたローションをマットに塗った。

(さて、どういう段取りにするかな……)

マットプレイのローションマッサージは、うつ伏せから入るのが定石《じょうせき》なのである。そして、ねちねちと焦らす。女性向けの性感マッサージは基本、いろいろなパターンの焦らしが前菜であり、メインディッシュでもあるらしい。

心と身体の満足という意味でのオーガズムは不可欠だが、挿入行為はデザート程度の役割りでしかない。もちろん、挿入に拘るクライアントの場合はメインになる。だが愛莉は、痴漢プレイとボディ洗いで、二回イッている。

つまり、かなりできあがっている状態なのだ。おそらく、ダイレクトなエロマッサージが効果的だろう。

「こちらにどうぞ」

バスタブから出た愛莉の手を引いて、マットの上に仰向けで寝かせた。

「それでは、マットでのローションマッサージを始めます。逆ソーププレイ、一番の醍醐味を味わってくださいね」

満男は、お湯で溶いたローションをバストに垂らす。そして、胸部全体にまんべんなく拡げていった。

「ふううう〜。温かくて、ヌルヌルして、素敵」

愛莉は、吐息混じりに呟いた。

満男は改めて、スケベ視線でオッパイを観察する。お椀形で手のひらにぴったり収まるCカップサイズ。薄茶色の乳暈は小さめ、すでに硬くなっている乳首は甲州葡萄くらいの大きさでギャップがあってエロい。

「うっ、ああんっ」

手のひらが乳首を掠ると、愛莉は即座に喘いだ。あまりに反応がいいので、満男は右乳首を口に含んでしゃぶった。左乳首は、指でクリクリ弄んだ。

「すごく、気持ちいい。どうしてですか？」

愛莉の疑問には答えず、顎や首にも吸いついて舌を這わせていった。鎖骨から乳房の麓を通り「の」の字を描くような動きで、徐々に下半身へと向かう。

「うふんっ、ローションってすごいですね」

ローションは密着感が増す。触れ合っている肌と肌が吸いついて、二人の身体が一つになるような感じがするのだ。

「なんだか、フワフワ空中を浮いてるみたい」

腹から腰にかけては、性器周辺を避けつつ爪を立てた指で、羽毛タッチのマッサージ。さらに内もも辺りを舌でなぞり、左手で鎖骨からバスト、右手で足の部分を撫でさする。

それから添い寝の格好になって足も絡め、身体をヌルヌル擦り合わせた。

「うふふふ。鰻のカップルになった気分ですねぇ」

満男の耳を舐めながら、愛莉が囁いた。

「本村さん、上に乗ってもらえますか。えーと逆向きで」

「えっ、でも重いですよ、わたし」

「全然、大丈夫です」

そして、仰向けになった満男の胸の上に愛莉の尻が乗った。なので、ローションでテカテカと光る尻を摑んだ。

「うーむ。まったくもって、さわり心地がよいですなあ。これは、いくら揉んでも飽きない」

リップサービスと本音が半分ずつの感想である。

「こんなに大きくて、脂肪のついたお尻が好きなの？」

「最高ですよ」

「本当に？　じゃあ、いっぱいさわってください」

愛莉が言うので、やさしく撫でてから力強く揉んだ。ローション効果で、手に尻肉が吸いつく感じが心地いい。そして柔らかな肉渓谷を開くと、谷間に咲く花が見えた。

指を伸ばし、ヒクヒクと蠢く茶褐色のダリアの花に似た器官をくすぐった。

「そこは、恥ずかしい」

とは言うものの、愛莉は嫌がっていないように思えた。なので顔の上まで尻をずらし、舌を伸ばして放射線状の皺をペロリと舐めた。

「あううっ。きっ、汚いから」

「そんなことありませんよ、さっき洗ったじゃないですか」

満男は発言して、さらに舌を尖らせ円を描くように尻穴を舐めつづけた。

「はぁん。だってそんなところ、今まで誰にも舐められたことないし」

戸惑う愛莉の、アナル舐め処女を奪っているということだろうか。

「アナルを舐められる快感は、ウォッシュレット感覚ですよ。あれ、けっこう気持ちいいでしょう、わかるでしょう？」

説得の言葉を吐きつつ、しつこくやさしく舌を使いつづけた。

「あっ、へんな感じ。あっ、あうっ。本当だ、ウォッシュレットと同じね。くすぐったいと気持ちいいの中間……うーん」

愛莉が愛撫を受け入れてくれたので、舌の次は指でくすぐってみた。ローションと唾液で、潤滑効果は抜群な状態だから差し支えない。舌では、もっと下にある生牡蠣に似た器官を目指す。

（おおおっ、すごく濡れているみたいだぞ）

ヴァギナからは、すでにローションではない液体が染み出しているのがわかった。なので。すくい取るようにペロペロ舐めた。

「あはぁああ、それ、いい。もっとして」

愛莉に懇願されたが、舐めずに顔を少し離して熱い息を吹きかける。花園全体を観察すると、さらに下に埋まっている、肉色の真珠がヒクヒク蠢いた。そして、閉じていた肉厚な花弁がゆっくり開いていく。

すぐさま、薔薇色のキュートな洞窟を発見。

まず、鼻で洞窟の入り口をふさいだ。

次に、口元にある肉真珠をしゃぶったり舌で転がしたり。

さらに、指でダリアの花をくすぐりながらの三所攻《みところぜ》め。

「イ、キ、そ、う」

愛莉が切れぎれの喘ぎ声を発すると同時に、尻と太ももが痙攣しはじめた。

「っく！」

呻いた瞬間、硬直して弛緩した。これで、三回目のクリトリスオーガズムである。

愛莉は、陰核で連続イキができるタイプみたいだ。膣内はどうなっているのだろうかと気になり、中指を入れてみることにした。

ヴァギナの入り口は緩んでいたが、指を第一関節まで埋めると、膣肉が獲物を咥え込むかのように締まった。そのとき、ダリアの花もキュッと締まった。

さらに進め、指を第二関節まで入れ、腹側のプクッと膨らんでいる部分を押さえた。

さらに、少々抜き差しするように動かした。加えて舌で肉真珠をねぶると、膣肉が指をグイグイ圧迫して窮屈に感じた。

「ああっ、止まらない。またイクッ、イクイクイックゥ、くふっ、ううっ」

愛莉は宣言しながら、痙攣、硬直、弛緩を繰り返した。クリイキのみならず、中イキもできるとは驚いた。

夫のがさつなセックスに辟易《へきえき》しつつも、若妻の性感はかなりに発達しているようだ。いやむしろ、だからこそ満足させてくれるセックスを外注したかったのだろう。

満男が膣に入れた指を引き抜くと、愛莉は身体を反転させずりあがって女性上位の格好になった。

「もう、いったい何をしたんですか？」

質問しつつ、何度もイカせてくれた男の乳首をチュチュッと唇で愛撫した。そして、答えようとする満男の唇を奪った。舌を絡めとろうとする、情熱的なキスだった。

さらに「ねえ、ねえ」と甘えながら、頰、首筋、耳にキスの雨を降らせた。

「多田さん、このまま入れてもいいですか？」

どう考えても、ヴァギナにペニスをという意味である。

「かまわないですけど、コンドームをつけないと」

「平気です、ピルを飲んでますから」

愛莉は、不敵な笑みを浮かべ騎乗位の体勢になった。

「さすがですね」

満男は笑みを返した。品格のある女性が性欲を剝き出しにする姿は、たまらなく猥褻で魅力的である。

愛莉は肉竿を握り亀頭でクリを擦って、自分で自分を焦らしている。そしてしばらく楽しんだあと、タートルヘッドをヴァギナの入り口にあてがった。

「あうぅうううんっ」

長く濃い呻きと共に、ニュルンッと深く繋がった。

「どうですか、ワタクシのペニスの味は？」

「すごく、身体の隅々まで沁みます」

愛莉は満男の目を見つめ、腰をくねりくねりと揺らしながら男性自身を味わっていた。それから少しずつ、上下に動きはじめた。なので満男は、愛莉がバランスを崩さないように、腰の辺りを両手で摑んでサポートした。

「いやん。足元が滑って、上手に動けない」

どうやら愛莉は、もっと激しく上下したいらしい。満男は手を伸ばして、シャワーヘッドを摑み湯を出した。マットの上と二人の下半身についたローションを、素早く洗い流す。

「ちょっとだけ、腰を浮かせてもらえますか」

そう言って、二人の性器に付着しているローションも洗い流した。

「滑りすぎると、快感が減りますからね」

そして、再度挿入タイム。和式トイレにしゃがむ格好になって、愛莉はゆっくり男のシンボルを呑み込みながら無邪気に言った。

「ああんっ、本当だ。さっきより多田さんの形が、はっきりわかる」

それから愛莉は目を閉じて眉間に皺を寄せ、膣の奥深い部分まで男性器を埋めた。

そして、モジモジと腰を振る。

たぶんコリコリの子宮口に、亀頭が当たる感触を楽しんでいるのだろう。

口元が緩み眉間の皺も消え、陶酔から恍惚の表情に変化していく。

次に愛莉は肉棒を膣口までゆっくり引き抜き、ゆっくり奥まで入れる杭打ちピストン運動を始めた。繰り返すうちに、だんだん腰の動きが激しくなってゆく。ぺったんぺったん、餅つきのような音が、バスルームに響いた。

自分の快感だけに集中して、満男の存在を忘れているようにも見えた。そんなふうに表情を観察していたら、愛莉は驚いたようにカッと目を開いた。

「やだっ、恥ずかしい！」

そう叫んで、ヴァギナにペニスを入れたまま百八十度回転した。顔を隠して尻隠さずの、結合部分が丸見えな月見茶臼《つきみちゃうす》という体位になった。安心して快感に集中する愛莉の背中が、弓なりに反ったり、丸まったりしていた。

（このままポルチオでオーガズムに達したら、きっといい感じのリピーターになってくれそうだよなあ）

などと思いつつ満男は、収縮する肛門や、イソギンチャクのようにペニスを咥え込んで離さない蜜壺を眺めていた。

「ねえ、もう少し、もう少しなの」

愛莉は呟き、濃い吐息だけの喘ぎを繰り返していた。悶える背中が、何かを物語っている。クリやGスポットよりも深い、ポルチオオーガズムが近づいてきたという自己申告なのかもしれない。

（ぐぐっ。ヤバいな）

若妻の切羽詰った情動と性エネルギーが、繋がっている部分から凄まじいテンションの快感を伴って伝染してきた。圧倒された満男は、急激な射精の兆しに襲われてたのだ。

（これで、もしも俺が先にイッたら、面目丸つぶれだよな）

腹筋下部と肛門括約筋に力を入れる。精気を睾丸で堰き止め、なんとか陰茎に送り込まないようにした。

「んんくっ、ううう、すごいのが来たわ！　うぐっ、うあああっ」

絶頂の言葉と共に、目の前の尻が激しく痙攣と収縮を繰り返し固まった。なんとか粗相せずに耐えることができた満男は、安堵とした瞬間に爆《は》ぜた。

「ああっ、嬉しい。ドクドクッて、熱いのがわかる。わかるのぉ」

愛莉は振り向いて、快楽で満ち足りた笑顔を見せた。

第六章　太鼓も腰の当たりよう

1

最終選考の二発目。お相手は、菅野《すがの》カオルという三十八歳の人妻である。

大手スポーツウェアメーカーSUGANOのアンテナショップ店長で、日本代表の候補にもなったことがある元バレーボール選手。夫はSUGANOの社長で、義父が会長だった。

夫婦仲は悪くないがセックスレスで、公認というわけではないが夫もカオルも性愛の相手は別にいるらしい。

そして今夜は、とにかく楽しくお酒が飲みたいとデートコースを予約したそうだ。

満男はシーモネーターでマスターに紹介されたが、カオルは食事をしながら酒を飲みたいとバーはすぐに出て、彼女のエスコートで高層ホテル内にある掘り炬燵《ごたつ》形式の和食ダイニングの店に入った。

「それじゃあ、一緒に思いっきり飲めて安心できる多田さんに乾杯っ！」

カオルは目の前に座っている満男にニッコリ笑って、生ビールをングングと豪快に飲んだ。喉が渇いていたのか、カオルは生ビールの中ジョッキを二口で飲み干し叫んだ。

「あーっ、沁みるぅ」

「やるなあ、次は何を飲みますか？」

満男は、訊いてからジョッキに口をつけた。

「えっとね、中生をもう一杯。そのあとは、芋焼酎をロックで」

「わかりました」

満男は店員を呼び、中生と芋焼酎をボトルで注文した。肴《さかな》は馬刺し盛り合わせ、酒盗のクリームチーズ和え、山盛り生野菜の味噌ディップ添えを頼んだ。

そして酒と肴が来ると、カオルはパクパク食べ、ゴクゴク飲んだ。

「馬刺し、大好き。うん、タテガミ美味しい」

「野菜も、味が濃いですよ」

満男はザク切りキャベツにマヨネーズ、豆板醬、味噌を合わせたディップにつけて食べながら言った。

「うんうん、本当ね。あーっ、やっと仕事モードから休日モードに切り替わってきた」

「お疲れさまです」

「うふふ。いくら酔っ払っても、帰らなくていいって素敵。つぶれたら多田さんが、お部屋までおぶってくれるんですよね」

「ええ、もちろん」

満男はカオルがすでに宿泊用の部屋は取っていると知り、性感コースに移行する可能性があると踏んだ。

「多田さん。わたしが重いからっておんぶしないで、引きずったりしちゃダメですからね」

馬刺しと生野菜で、二杯目のジョッキを飲み干しカオルは微笑んだ。

黒髪で、スポーティなショートカットがよく似合う。そのうえ顔の造作は、おとなしそうな和風美人である。それを指摘すると、

「よく言われるの、黙っていれば美人なのにって。今日の昼間もお客様に言われたんだけど、意味がわからないのよ。だって、黙っていられない性格なんだもの。生まれてからずっとこの性格なんだから、勝手にイメージを押しつけないでって感じ。本当に、余計なお世話よね。どう思います？」

と返ってきた。なかなか気の強い性格のようだ。

「そうですねえ、酒豪でも美人、ベラベラしゃべっても美人。怒っていても、美人は美人じゃないっすか。まっ、飲みましょうよ」

満男はきわめて軽く褒め殺し、芋焼酎のロックを作って渡した。

「そうだね。じゃ、二回目の乾杯っ」

カオルの音頭で、満男も芋焼酎ロックのグラスを掲げた。そして、しばらくつづくどうでもいい世間話をクーパー方式で聞き流す。

クーパーとは、往年のハリウッドスター、ゲイリー・クーパーのことだ。

彼は天性の聞き上手であった。「まさか」「本当かい」「そんな話、初めて聞くよ」という、三種の相槌《あいづち》を打って女性の話に耳を傾けた。

それで、グレース・ケリー、イングリッド・バーグマンら大女優を口説き落とした伝説がある。

真似をして簡単に口説けるわけではないが、女性の無駄話を聞きつづけるテクニックとしては有効だ。

特に自信のある女性、気の強い女性、自分は仕事ができると思っている女性の愚痴を聞くとき満男は、クーパーの三種類に「大変ですね」なんて相槌をプラスするのだった。

(そのうち、話の流れが変わるはずだ……)

満男は笑顔で対応しながら、スケベ目線でカオルをボディチェックする。

元バレーボール選手だけあって、背が高い。一緒に歩いているときに思ったが、ヒールのぶんを差し引いて一七五センチってところだろう。

服装はジャケット、ブーツカットパンツ、パンプス、すべて黒で統一されていた。フリルシャツだけが白なので、胸元が眩しい。そして、オッパイがドドーンと威張っている。背も高いが、オッパイも大きくてグラマラスなのだ。

おとなしい顔の印象を、日本人離れした身体が裏切っていた。

(このアンバランス加減、たまらねえな。きっと誰にも言えない性癖や願望、今夜はそれらの解消をしたくて、酔っ払ったら告白ってこともあるはず……。だけど、あってもなくてもカオルと一発やりたいもんだ)

そもそも他の若いイケメンではなく、満男を選んだのだ。おっさん相手に、ただ酒が飲みたいだけってことはないだろう。などと思っていたら、カオルは真顔で話題を性的な方向にチェンジした。

「初めてっていえばね、わたしの初体験の相手、パイプ椅子なんですよ」

推しであるジャリタレの初スキャンダルの話から、いきなり切り替わったのだった。

「はい？　どういうことですか、それは？」

「バレーボール部だったのは、さっき話したでしょう。高校の体育館って、隅のほうにパイプ椅子がたくさん置いてあるじゃない。ある日ね、回転レシーブの練習のとき、そこにガシャーンって、突っ込んじゃったのよ」

「うんうん」

満男は、セロリスティックをポリポリ齧《かじ》りながら相槌を打った。

「それでね、股のところを強く打っちゃって、痛いなあって思いつつも、コートに戻ったの」

「ふむふむ」

人参スティックもポリポリ齧《かじ》る。

「そしたら後輩が『先輩っ、血がっ、血がっ』って叫ぶんで、股間を見たら真っ赤で、血がジワーッて広がって……」

「うっひゃあ、痛そうだな」

「痛いことは痛かったけど、ほら、体育会系だから、けっこう耐性があるんですよ。でも場所が場所だから、コーチも青ざめちゃって、すぐ病院に行ったんです」

そう言ってカオルは、酒盗のクリームチーズ和えをひと口舐めた。

「それで処女膜、破れちゃったんですか？　医者がそう言ったんですか？」

「お医者さんは言ってなかったなあ。わたしも聞けなかったけど。でもね、たぶん、そうだと思うんですよね。その後、男の人と最初にしたとき、あんまり痛くなかったし、血も出なかったから」

「そっかあ、椅子に処女を奪われた女、なんですね」

実話だろう。だがしかし、これきっと、女同士の不幸話大会におけるカオルの鉄板ネタな気がする。

「そうなんですよ、それが不幸の始まりかも知れない」

「不幸、なんですか？」

「そお。このところ男運が悪すぎでね」

「どんなふうに？」

「この間までつき合っていた男は、ジェームズ・ボンドだったし」

菅野カオルは、溜息をついて、焼酎をグビリッと飲んだ。

「はい？　外人ってことですか？」

「違うの、純日本人の若いイケメン。異業種交流会で知り合って、三カ月くらいつき合ってたの。で、ある日、ちょっと現金が足らないって言うから、三十万貸してあげたら音信不通になって、一カ月後、非通知で電話があったの。そのとき、『お前には隠していたけど、実はおれ、スパイなんだ。某国の諜報部員に追われている。逃走資金が尽きたから、頼む、これから言う口座に百万振り込んでくれ』って。どこにいるのって聞いたら、『おれの居場所がわかったら、お前の命まで狙われる。だから言えない』って。それで『携帯電話は盗聴されてるから、もうかけてくるな』って」

「で、スパイの彼の口座に、振り込んであげたんですか？」

「まさかあ、さすがに馬鹿馬鹿しくて」

「ですよねえ」

「その前の男は、高倉健だったし」

「えっと……」

「反社会的組織関連なのよ」

「なるほど。やっぱり、お金を貸してあげた若いイケメン、なんですか？」

満男が訊くと、カオルは溜息をついてから答えた。

「まあ、そうです」

「もしかして、それでしばらく音信不通になった」

「うん」

「そしたら？」

「真夜中に『反社会的組織関係の事務所に、拉致監禁されている。今日の昼までに百万作らないと、コンクリート詰めにされて殺されるんだ、助けてくれ』って電話が来ました」

「うわっ、また百万。やばそうですね、それで？」

「拉致監禁されてるのに、どうして携帯を取りあげられないの？　脅している人がそばにいるなら、話をさせてって言ったら、ブチッて電話を切られた」

「うーん、なんて言うか、そいつバカじゃないの」

満男は、ちょっと暴言を吐いてみた。

「そうなんですよ、冷静になると自分でもバカだなって思うんですけどね」

「菅野さんって、恋愛関係の学習能力はゼロ、って感じなんですねえ。いやまあ、途中で気づいたから、被害がたいしたことなくてよかったけど」

「だってぇ、好きになったら、その人のためになりたいって思うじゃない。それって悪いことじゃないでしょう」

「まあ、確かに」

満男はもう少し、突っ込んで訊いてみたくなった。

2

「そのジェームズ・ボンドもどきとか、高倉健もどきとは、男と女の関係だったんですか？　つまりその、セックスはあった？」

満男のダイレクトな質問に、カオルは躊躇せず目を輝かせた。

「そりゃあ、もちろん。ジェームズ・ボンド君なんて、最初のときは高層ホテルのスイートルームを取ってくれて、しかもベッドとお風呂に薔薇の花弁を敷き詰めたりして、それはそれはすごーくロマンチックな一夜だったんですよ」

「な、なるほど……」

まるで、先輩に聞いたバブルの頃の話みたいである。

「高倉健ちゃんともスイートルームで、うふふ。彼の場合はね、入った途端にやさしく抱きしめてキスしてくれて、転がるようにベッドになだれ込むって、それはそれはすごーく情熱的な一夜だったんですよ」

「あれ？　ふたりとも一夜だけ？」

「そうですけど、何か？」

「いや、別に何も」

騙された話に関しては、これ以上、突っ込まないことにした。

機嫌を損ねたら、元も子もない。

「っていうか、気持ちよかったですか、ロマンチックや情熱の一夜は？」

「うーん、それどころじゃなかった、かな」

「えっ、どういうことですか？」

「そのときはね、サプライズに感動していたし、彼らをすごく好きになってたから、もう恥ずかしくて、早く終わってくれってことしか考えてなかった」

「すごく好きな人と、セックスするのが恥ずかしい？」

「うん。恥ずかしくて、特に素面《しらふ》じゃ無理。酔わないとセックスなんてできない。できれば、セックスなんかしないで、抱きしめられて眠るだけのほうがいいな」

カオルは人妻でアラフォーなのに、夢見る乙女気分が抜けていないのだろうか、なんてことが頭をよぎる。

しかしまあ、たてつづけに若いイケメンに騙されたならば、おっさんに愚痴を言って癒されたい気持ちにもなるのだろう。

「ジムで鍛えて、お酒もお肉もスイーツも我慢のダイエットもして、エステで女磨きまでして、アンチエイジングな愛され美魔女ボディを作っても、寄ってくるのは変な男ばっかり。ちょっともう、どうしてだろう?」

カオルに言われ、とりあえず満男はジョークで返した。

「うーむ。やっぱり、パイプ椅子の呪いかも」

「バレーボールに青春を捧げて、男に免疫なかったしなあ、わたし。はぁ、練習は裏切らないけど、男は裏切るのよね」

「これからきっと、もっといい男と、素敵なラブ&セックスライフを満喫できますよ」

「気休めはいいわ。それに、ラブは向いてないみたい。性格がサバサバしすぎてるから、恋愛にならないって、よく言われるのよ。みんな、友だちになっちゃう。そうじゃない男は、金目当て。あーあ」

カオルは、グイッと焼酎ロックを飲み干した。満男はそそくさと、空いたグラスに氷を足し焼酎をそそぐ。

「ラブはなしで、セックスなんてあんまり面白くないし、好きじゃないし」

「いやいや、面白いセックスもあると思いますけどね」

「そうかしら。だって生ぬるいじゃない、セックスって。なーんか、燃えないのよねえ。やっぱり、試合のほうが完全燃焼できたなあ」

「試合、ですか？」

完全燃焼できるセックスを、求めているということだろうか。

「うん。青春を捧げたバレーボールの試合が一番だけど、ゴルフでもテニスでもいいけど、セックスよりもスポーツの試合ほうが、汗もかくし興奮するって思いませんん？」

「あーっ、興味深いですねえ。厳しい練習に耐えて、試合のときに精神と肉体の完全燃焼って感じかな」

「わかります？」

「ちょっとだけ。中学のとき、バレーボール部でしたからね、ぼくも」

「あらっ、そうなんですか。うふふ、親近感を覚えちゃう」

「いやあ、菅野さんとはレベルが違いすぎて、恥ずかしい限りですが」

「レベルなんて関係ない。試合はいいですよ。熱く燃えて、燃え尽きれば勝っても負けても満足して、また明日に向かえるんですよねえ」

もしかして、擬似的にコーチと選手の関係を構築できれば、体育会系のカオルを堕とせるのではないか。

「ぼくはね、ラブ&セックスはまさに試合だと思うんですよね」

「えっ？」

「そう考えると、菅野さんは二連敗中ですよね」

「は、い……？」

カオルは一応、興味を持ったようだ。

「つまりセックスが試合で、オナニーは練習だと思うんです。菅野さん、練習してます？」

「あの、わたし、オナニーは……」

「練習してないんですか？　それじゃあ勝てないし、いい試合もできません」

我ながらムチャクチャな論理だが押し通す。

「えっと、あの……」

「だとすれば菅野さんの男運の悪さ、ラブ&セックスライフが充実してないのは、すべて練習不足が原因ですよ」

「いえ、あの、全然してないってわけじゃないですけど」

よしっ、食いついた。

「ですよね、うん。菅野さんは、練習をしていると信じてました」

「えへへ」

「ちなみに、どういう方法ですか?」

「ふ、普通に」

カオルは戸惑っていた。

まあ、オナニーの方法を詳しく聞くことに、たいした意味はない。

「なるほど、とにかく基礎はできてるわけですね。ところで、イメージトレーニングはしてますか?」

「イメージトレーニング?」

「そうですよ、アスリートたるもの、試合のイメトレは基礎練習以上に大事でしょう」

「そ、そうですよね」

「試合に勝つイメージをしながら、オナニーすることが大切なんです」

「えっと、試合って、セックスのことですよね」

「もちろんそうです。自分が一番してみたいセックスを、思い浮かべてするオナニー。それがイメージトレーニングです。いわゆるオカズってやつです。菅野さんの場合、それは何ですか？」

「今、ここで言わないといけないんですか？　本当に言うんですか？」

言う気になっている発言である。

「はい。完全燃焼して、真っ白な灰になれるセックスを望むなら」

「で、でも、そんなこと言って、頭のおかしい女だと思われるのが怖い……」

否定されたくない。

言ったあと、絶対的に肯定してほしい。

すなわち、保証を求めている。

「そうやって自分で壁を作ってしまって、ゆえに恋愛がいつも不完全燃焼な結果に終わってる。違いますか？」

「うっ、痛い。たった今、多田さんの言葉が胸にグサッと刺さりました」

「大丈夫ですよ。頭のおかしい女だなんて、絶対に思いませんよ。だって普通では言えないことを聞いて、普通ではできないことを実現するのが、ぼくの仕事なんですから。さあ、正直に言ってごらん」

一度突き放して、引き寄せたのである。

「そうでした、そうですよね。勇気を出してわたし、オナニーのオカズを言います」

カオルは、芋焼酎のボトルを取った。

自分でグラスにダバダバ注ぎ、一気に飲み干してから口を開いた。

「誰にも言ったことないですけど、わたし、レイプされてるシチュエーションでオナニーしてるんです」

仰々《ぎょうぎょう》しく言ってグラスを置いた。

満男はカオルの手を握り、しばらく何も言わずに目を見つめた。

そのうち瞳に、戸惑いと不安の色が見えたので呟いた。

「かなり、普通ですね」

満男は無理矢理犯されたいとか、SMしたいとか痴漢されたい願望を持った人妻たちの相手をしてきたので、まったく意外性を感じなかった。

「そ、そうなんですか」

カオルはキョトンとしている。

「オカズの定番ですよ、そうじゃない人を探すのが難しいくらい」

「でも、普通の男の人は引くでしょう?」

「少なくとも、ぼくは引かない。レイプ願望がある女性とは、野生の王国ごっこがしたくなるもの」

「野生の王国ごっこ?」

「ライオンと、襲われるバンビちゃんになって、追いかけっこするんですよ」

「あら、楽しそう」

「じゃあ今夜は、それを特訓しましょう。菅野さんが次の試合に勝つために」

「うふふ。なんだかコーチみたいですね」

カオルに、笑顔が戻った。

「あーっ、お腹がいっぱいになって、ウエストがキツーイ。ねえ、多田さん。お部屋でくつろぎながら、つづきが聞きたいな」

「いいですね、そうしましょう」

部屋へ行けば、野生の王国ごっこの特訓というベッドタイムである。

3

カオルはまだ飲み足りないと、ルームサービスで頼んだシャンパンに、口をつけたあと微笑んだ。

「さて、楽な格好になって、くつろいじゃおうっと」

そしてジャケットとパンプスを脱ぎ、ブーツカットパンツに手をかけたまま、しばらく足元を見つめていた。

「どうかしました？」

聞いてから満男は、カオルがシャンパンと共に頼んだ苺をひとつ、口に入れた。

「いつ引っかけたんだろう？　ストッキング、伝線してる。まっ、いっか」

大きめの尻から、ブーツカットパンツがスポンッと抜けて床に落ちた。

「うおおおっ、そのストッキングっ！」

満男は黒いパンティストッキングを見て、叫んでしまった。

品よく表現すればTの字に、品悪くなら褌《ふんどし》のように、腰と股の部分だけ色が濃くなっているからだ。

しかも下に穿いているパンティは純白で、尻がきっちり包まれるフルサポートタイプというメチャクチャ好みな組み合わせだからだった。

「ん？　ストッキングがどうかした？」

カオルの質問には答えず、満男は思いついたアイディアについて尋ねた。

「それ、伝線したんですよね。じゃあ、野生の王国ごっこのとき破ってもかまいませんか？」

「別にいいけど、ストッキングを破くのが楽しいんですか？」

「ええ、まあ、すごく。なんというか、高価な果物の皮を剝いているような気分になれるんですよ」

「ふーん、ちょっと待ってくださいね」

カオルがストッキングを脱ごうとしたので、満男は慌てた。

「いやいやいや、そのままで。脱いじゃ駄目。脱いだら意味がないんです。履いているところを破るのが、楽しいんですよ」

「うーん、意味がよくわからない……」

上半身は白いフリルシャツ、下半身は黒いストッキング姿のカオルは、いぶかしむ表情でベッドに腰掛けた。

「ちょっと今、やってみてください」

「わかりました。それでは、失礼します」

満男は隣に座り、黒ストッキングに包まれた太ももに触れた。

まずはじっくりと撫で、それから右の親指と人差し指で、ストッキング生地だけを注意深くつまみあげた。

浮かんだ部分を左の親指と人差し指で摑み、両手を左右に引っ張る。

ストッキングが、ビリッと破れた。

指を離すと、破れた部分が直径の丸い穴ができていた。

白い生肌がプリッと盛りあがる。

同じように脹脛や膝、内もも、いろんな箇所を破る。

そのたびに、カオルの身体がビクッと反応した。

いくつかの大きい穴と小さい穴が開き、その間をビリビリビリッと言う感じで縦に裂く。

股のつけ根のストッキング生地も破り、パンティのクロッチ部分にさわろうとしたら、カオルが叫んだ。

「わっ、わわっ、タイム、タイム。ちょっと待って。多田さん、目が怖い。血走ってギラギラしてる」

「ああっと、すいません」

「どうして？」

「うーむ、原始的なものが目覚めるって感じかなあ。後頭部と心臓と下腹部で、原始人の太鼓がドンドコドンドコ鳴って、すごく興奮するんですよねえ」

「へえーっ、男の人って面白い。太鼓が鳴るんですか」

「うん。これが、興奮の証拠です」

満男はカオルの手を取り、ズボンの中で息づく股間の膨らみをさわらせた。

「わっ、本当だ。野獣になってますね」

「でしょう」

「だからわたしも、襲われてるみたいでドキドキしたのかな？」

チラッとパンティのクロッチ部分を見たら、小さな染みができていた。

カオルも、きっちり感じている。

「きっとそうですよ。じゃあルールを決めて、野生の王国ごっこを始めましょう」

「ルール？」

「どこまでオッケーかって範囲を決めるわけです。やめてほしいときは、さっきみたいに、タイムと言ってください」

「で、わたしは抵抗していいんですよね。本気で蹴飛ばしたりとかも」

「はい。こっちは、押さえつけたり軽くビンタしたりしようかな」

「うふっ。昔は先輩とアントニオ猪木ごっことかもしましたからね、ビンタは気合いが入ります」

「逞しいなあ、さすが体育会系」

「あーっ、またドキドキしてきた。なんだか試合の前みたい」

「そうだ。そのシャツってボタンがなくなっても大丈夫ですか？」

「ええ、別に。新品でもないし、今日は替えも持ってきてるし。破けても大丈夫ですよ」

「じゃあ、始まりの合図は、菅野さんからお願いします」

「いいですよ、スタート」

ベッドに並んで座ったまま、カオルがニッコリ笑った。

満男は微笑を返して「はいっ！」と言うや否や、カオルの目の前で、パンッと手を叩いた。すなわち、猫だましという柔道だか相撲の技をかましたのだ。

「きゃっ」

驚いたカオルは、可愛い悲鳴と共に、目を閉じ身をすくめた。

その瞬間、フリルシャツの胸の部分を摑んで、ガッと左右に開く。

ブチブチブチッとボタンが弾けて飛んだ。

白いブラジャーで、寄せてあげられた乳房の谷間が見えた。

(くわーっ、威張ってる。シャツの上からよりも、威張っているぜ。このオッパイは！)

推定Gカップ。

しかも驚いたことに、ジムで今も鍛えている元アスリートだけあって、腹筋が、見事に割れていた。

見惚れていたら、ボフッと音がして、目の前が真っ暗になった。

顔に何かが当たった。

小さなクッションだった。

「いやあっ、来ないでっ」

カオルはベッドの上にある、枕やクッションを満男に投げつけながら逃げ回った。

「きゃーっ、きゃーっ。修学旅行とか合宿みたいで楽しいね、これ」

「でも無駄だよぉ、逃げられないよぉ」

満男もはしゃぎながら、カオルを部屋の隅に追い詰める。

お返しとばかりに、クッションと枕を投げた。

「うっそぉ」

攻撃に耐えかねて、カオルはクルッと後ろを向いた。

なので、今がチャンスと羽交《はが》い絞めにした。

「離してぇ、離せぇ」

足をバタバタさせながらもがくカオルを、ベッドまで運んだ。

満男はカオルを仰向けにして、馬乗りになった。

「やだやだ、えいっ」

カオルは満男をビンタした。パシンッと小気味よい音が響き、頭がクラクラした。

さすが元バレーボール選手、アタックのようでけっこう強烈だ。

「いけない手だなあ」

満男はカオルの両手首を掴んで、動けないようにした。

さらに馬乗りから、正常位の格好にチェンジ。

「うーっ、くやしーっ」

カオルは、上半身を起こそうと必死になっているので、首筋に噛みつく。

「そ、そんなことっ」

甘嚙みから始めて、ゆっくり力を加える。

「だ、駄目よーっ」

どのくらいの強さで嚙んだら「痛い」と言うのか確かめたかったのだが、歯形が残るくらいの強さでも平気なようだ。

全身に力を入れて耐えている。いやむしろ、楽しんでいるのかもしれない。

なぜならば、カオルが両脚を満男の腰に巻きつけてきたからだ。そのうえ、太ももが不規則に痙攣していた。

布越しに密着している淫裂と怒張も湿度が高い。

満男が手を離したら、カオルは「いやいやいやーっ」と叫びながら、彼の首筋にガブッと嚙みついた。

「お返しかーーっ」

あまりにも痛かったので、満男は女体を突き飛ばしてひっくり返し、うつ伏せにした。

「おとなしくしなさーい」

パーンッとお尻を叩く。

「やだこれっ、すごく……」

「すごく、何？」

もう一度、パーンッとスパンキング。

「わたしの下腹部でも、原始人の太鼓がドンドコドンドコ鳴ってるみたい」

カオルは催促するように、尻を高く掲げ始めた。

「マジで？」

満男は尻の奥を覗き、陰部の濡れ具合をチェックした。

白いパンティの生地が、破れる寸前の金魚すくいの網のごとくビチャビチャになっていて、中身が透けて見えるほどだった。

「本当だ。どれどれ、太鼓を叩いている原始人を探さないと……」

ぐしょ濡れパンティの中に、満男は指を突っ込む。

親指が性感トンネルにヌルリと呑み込まれたので、Gスポットを押さえた。

人差し指と中指は、クリトリスに添えてダブルバインド。

じわじわと圧迫するとカオルは、たまらないという感じに尻をくねらせるのでやさしく撫でた。

「はぅん。止まらない、お尻が勝手に動いちゃう」

「そんなに、気持ちがいいんだ」

クネクネ揺れる尻が卑猥なので、ピシャピシャ叩くと、ジュクジュク蜜液が溢れた。

「どうして、お尻を叩くと濡れるのかな？」

親指が埋まっている女洞窟は、ものすごく窮屈だ。

「し、知らない。こ、こんなの初めてっ」

カオルが息も絶え絶えに叫ぶと、激しくなっていた尻のくねりがピタッと止まった。高く掲げられた尻が数秒、プルプルプルッと痙攣したあと、ガクンッという感じで崩れた。満男の親指はヴァギナに呑み込まれたまま、しばらく抜くことができなかった。

4

満男はカオルを後ろから抱きかかえつつ、バスタブに浸かっていた。バスルームには大きな窓があり夜景が楽しめるが、推定Gカップのオッパイをヤワヤワ揉むほうが楽しい。

「いつものオカズに比べて、どうでした？　野生の王国ごっこは？」

満男が訊くと、カオルは嬉しそうに声を弾ませた。

「すごかったです」

「刺激が強すぎたかな？」

「いつものって別に、決まったシチュエーションがあるわけじゃなくて、ただなんとなく無理やりってだけだから。もう、すべてが想像を超えてましたよ」

「試合と同じくらいに、興奮できた？」

「うん。なんかもう、こんなに無我夢中になれるなんて……」

「そう言ってもらえると、コーチとしても嬉しいな」

満男は言って、次の展開を考えようとした。すると、カオルがヒントになるような発言をした。

「ねえ、多田さん。さっき、お尻を叩いたでしょう」

「うん」

「痛くなくて、気持ちよかったのはどうしてだろう？」

「菅野さんは、ちょっと痛いくらいのほうが、感じる体質なのかもね」

「そうなのかなあ。体育会系だから、普通の女の子よりも痛みには強いと思うけど」

「やさしいだけの愛撫だと、物足りないって思ったことあります？」

「あるかもしれない。やさしくされるのは好きだし、もちろん気持ちいいけど、恥ずかしいって気持ちが勝って、醒めちゃうときもあるんですよね」

「エッチなことに、のめり込めないってこと？」

「そうです。アンッ、アンッて可愛い子ぶって、声を出している自分が恥ずかしいの。お尻を叩かれたり、嚙まれたときのほうが自然に声が出たかも」

「そりゃあ、よかった」

「けど、うーん。やさしい愛撫じゃ感じないって、鈍感な人みたい」

「いやいや、逆に快感の幅が広い敏感な人かも。たとえば……」

満男はカオルの両乳首を、ギユウッとつねった。

「そんな、いきなりっ。うっ、うくっ、くうううっ」

カオルは、抗うことはせずに耐えていた。

首筋を嚙んだときもだが、カオルは痛いと訴えない。

「でね、痛くしたあとに、こうすると……」

満男はつねるのを止め、両乳頭を指の腹で円を描くようにやさしく撫でた。

「や、やだ、声出ちゃう。あっく、声が出ちゃううん。なんでこんなに」

カオルはビクンビクンと、上半身を揺らしながら喘いだ。

「ほら、鈍感どころかこんなに敏感だ」

満男は、乳頭から指を離した。

「い、今のは、可愛い子ぶったわけじゃないですからね」

カオルは照れた。

「わかってますって。もっと探求してみましょうよ、快感と痛みについて」

満男は耳元で囁いた。

「どうしよう。そんな言い方をされると、ちょっと怖いな」

「何がですか?」

「探求して、戻ってこれなくなったらどうしようって、不安」

「ああ、なるほど。でもそれは、大丈夫」

「どうしてですか?」

「痛いのが好きって、特別なことではないですから」

「そうなんですか?」

「だって、情熱的なセックスをしている最中に、キスマークがつくことってあるでしょう。思わず相手を噛んだり、痛いほど抱きしめることだって」

「それは、そうかも」

「だからね、痛いのが好きは、辛《から》いのが好き、みたいなものですよ」

「あっ、わたし、辛いの大好き。激辛カレーとかチゲ鍋とか、全然平気。でもそれって、関係あるの？」

カオルは嬉しそうに訊いた。

「ここに、キスマークがついても大丈夫ですか？」

満男は、カオルの右肩にさわった。

「ええ、いいですけど」

「では、論より証拠」

そう言って満男は、カオルの右肩にチュッとキスをした。

「今のは、カレーで言えば甘口」

次に、キスマークがつくくらい強く吸うと、カオルが笑った。

「うふふ、わかった。今は中辛、ですね」

さらに、吸いながら歯を立て徐々に力を入れた。

「辛口になった。うん、まだ大丈夫」

ならばと、クッキリと歯形がつく強さで嚙みながら吸った。

「激辛は、うっ、ふっ、やっぱり好きかも」

満男が口を離すと、カオルの肩には歯形と赤い花弁のようなキスマークがついていた。

「菅野さん、気持ちいいと痛いの境目はわかりました？」

「すごく微妙。痛いものは痛いんですよ、やっぱり。でも嫌じゃない。やめてと思う気持ちと、やめないでと思う気持ちが混ざり合って、なんともいえない不思議な感覚になったの……。ねえ、つづきはベッドでゆっくり教えて」

そう言ってカオルは、バスタブから立ちあがった。

5

二人はベッドの上、全裸で転がっていた。カオルがキスを求めるので、満男はすぐに唇を重ねた。

痛いほど舌を吸われる。そのうえ唇を嚙まれたので、嚙み返しつつきつく抱きしめた。密着正常位の格好になっているから、カオルの心臓の高鳴りが伝わってきた。

満男は欲情のままにカオルの腕を撫で、背中をさすり、尻を摑んだ。次に手を触れ合ったり、指を絡めたり、髪を撫でたりしながら頰に軽くキスをした。

そして、おでこにもキス。ふと見ればカオルは目を閉じていたので、眉毛、目蓋《まぶた》、睫毛《まつげ》、鼻の頭にも軽くチュッと唇をつけた。

さらに、唇に唇で触れる。触れるか触れないかギリギリで、イヤイヤをするがごとく、横にスライドさせた。

それから、舌先でカオルの唇をトレースした。歯もなぞり、唇の裏、歯茎、舌の裏も味わう。

もちろん舌先同士でチロチロ官能の探り合いもして、もっと激しく舌を吸ったり吸われたりという長い接吻を楽しんだ。

カオルは不意に唇を離し、発情した眼差しで満男を見つめた。

「ねえ、噛んで……」

言われた満男は、無言で要求に応える。顎から胸の谷間まで、甘噛みの旅をした。

カオルの悩ましい吐息に耳を澄ましながら、首筋も肩も、可愛がりつつ強く噛んで舐めて癒した。

(なんだが、カオルを食べているような気分になるぜ)

そう思いつつ満男は、ムニュリムニュリ巨乳を揉みしだく。指にめり込む乳肉の柔らかさが、じつに心地よかった。

すでにしこっている乳首を大きく口を開けて思いきり吸い、乳暈ごと舌と歯で味わった。両方のニップルを順番に甘嚙みしていたら、カオルは焦れったそうに言葉を発した。

「ううん、もっと強く……」

満男はリクエストに応えて強く嚙み、もう片方をつねって引っ張った。

強い刺激のたびに、上半身はビクンビクン跳ねるのだが、カオルはまったく喘ぎ声を出さなかった。

不思議に思って満男は上体を起こし、カオルの表情を見た。目と唇をきつく閉じ息を詰めていた。まるで喘ぎ声を出すと、体内に生じている快感が消失してしまうかのように。

(同じ場所だけ凶暴な愛撫、ってのも芸がないか)

満男が趣向を変えてわき腹を引っ搔くと、カオルは白い喉を見せ背中を弓なりに反らせた。

「んっ、んんんんっ。もっと、乳首を痛くして……」

「こうかな?」

満男は再びカオルの両乳首を摘まみ、指で潰す勢いの力を入れた。

するとカオルはカッと目を開き、まるで水中で溺れ、酸素ボンベを欲しがるダイバーみたいに、口をパクパクさせ悶えた。そして、乳首を潰しつづける男の肩を数回タップした。

満男は、ギブアップのサインだと理解し乳首から指を離した。途端にカオルは、朦朧とした表情で甘い吐息を漏らした。

「あうぅうん。熱い、身体中がすごく熱くなってる。わたし、もう我慢できない。多田さんのを、もっとちゃんと味わいたい」

カオルは、腰をモゾモゾ動かした。正常位のポジショニングで下半身は密着しており、淫裂に男根が挟まっている状態だった。

しかも濃厚な口づけから始まり、乳首を抓るに至る愛撫をつづけるうちに、二人の性器は、それぞれから分泌するエッチな液体でベタベタになっていた。

「いいですよ、でもその前にちょっと。可哀相なここを……」

満男は言って、自分が変形させた乳首をやさしく口に含んで転がし、元に戻そうとした。左乳首を終え右に移るときにチラッと見たら、カオルは胸部を小刻みに震わせ両手で口全体を覆っていた。

「んぐっ、んぐっ、んぐっ」

声を出すのが恥ずかしいとか、自分の喘ぎ声で淫らな気分が醒めてしまうなどと言っていたが、もしかすると息を止めることで官能を全身に巡らせるタイプなのかもしれない。

窒息系とでも呼べばいいのだろうか。満男はかつて今のカオルみたいに、喘ぎを我慢するタイプの女性とネンゴロになっていたことがあった。

その窒息系彼女は、ときどきセックスで感極まり失神した。だから、カオルも同じかどうか確かめたくなったのである。

なので満男は、枕の下に忍ばせておいたコンドームを素早く装着して、濡れそぼる女洞窟の入り口に、剛直な肉棒をあてがい一秒一ミリの速度で、めり込ませていった。

「あっ、はぁああっ、くっ」

カオルは、我慢できずに漏らしてしまった喘ぎを恥じるかのように、右手の人差し指を噛んだ。

その仕草が、いじらしい。

満男は亀頭だけを埋め、腰でユラユラ円を描いて、ヴァギナの入り口だけを嬲っていた。

するとカオルは満男の尻を両手で摑み、深い挿入を促そうとした。

「は、早く、奥へ……」

掠れた声で請われて、満男は逆に腰の動きを止めた。

「まだ、ダメだよ」

ただの意地悪である。

「どうして？」

訊かれても困るので、質問に質問を返した。

「奥へ、何？」

「入れてほしいの……」

「だから何を？」

いわゆる、他愛もない言葉攻めである。

「わたしの入り口で遊んでる、多田さんの男性器に決まってるでしょう。お願い、意地悪しないで早く奥まで入れてよぉ」

素直なオネダリに敬意を表して、満男はペニスをゆっくり奥まで挿入した。

するとカオルは、カッと目を見開き、口が「あ」の形になった。

絶叫するのかと思った刹那《せつな》、満男は上体を起こしたカオルに、ガブッと肩を強烈な力で噛まれた。そのうえ、尻を掴んでいた両手の爪も立てた。

「うっぎゃあああああっ」

結局、叫び声をあげたのは満男だった。

「痛いっ、本気で痛いっ、痛いってば、こらこらっ」

満男はもがきながら激しく腰を振った。

気持ちよくさせれば、噛むのをやめてくれると思ったのだが逆効果で、腰を振れば振るほどカオルは快感が増すのか、肩を噛む力と尻を引っ掻く力がどんどん強くなっていった。

「ひいいいいっ。畜生、そっちがそうなら、こっちもこうだっ」

満男は、同じ箇所に仕返しをしようと思ったが、肩を噛もうにも届かないので、カオルの背中を引っ掻き太ももの外側をつねった。かなり強い力を加えたら、肩を噛んでいる歯と尻に食い込む爪が離れた。

そしてカオルの口が「い」の形になり、
彼女は全身を硬直させ太ももだけが痙攣していた。さらに口が「く」の形になった途端、深い吐息を吐き全身を弛緩させた。

(失神はしなかったけど、オーガズムには達したみたいだし。たぶんこれで最終選考も合格だろう。しかしまいったな、もうっ……)

満男の肩と尻は、痛みの余韻でジンジンしていた。

6

カオルのレイプ願望を満たしたことで、満男は最終選考に合格し正式なセラピストとなった。そして一週間後、カオルは再び満男との逢瀬を求めて電話をしてきた。

もしかしたら、アブノーマルプレイとセックスの快感に目覚めたのかもしれないと思いつつ、満男は応答した。緊縛や鞭、蠟燭など、バチボコにされるコアなSMを予想したのだが、カオルが望んだ内容は少々違った。

「多田さん、あのね、今回は待ち合わせ痴漢プレイをしてみたいの」

「なんですか、それは？」

「SNSの裏垢女子の間で、流行《はや》ってるらしいの。痴漢をされたい女の子が、痴漢をしたい男と待ち合わせて事に及ぶみたいな」

「なるほど。ぼくは満員電車で痴漢をされたいという、クライアントの相手をしたことがありますよ。でも現実の満員電車だと、本物の痴漢と間違われて捕まってしまう可能性があるから、電車内のセットがあるラブホテルでの痴漢プレイでしたけど」

「へえ面白い、そんなラブホテルがあるんだ。だけど今流行ってるのはネットカフェの本棚とか、ピンク映画館の座席で待ち合わせて痴漢をするらしいの。でね、なんかピンク映画館の場合は、たまたまいる他のお客さんも参加して複数の男たちに痴漢されちゃうんだって」

「カオルさんは、複数の男たちにさわられたいんですか？」

「興味はあるけど、映画館だとちょっと怖いかな」

「ふむふむ。ネットカフェの場合は、どこで痴漢ごっこをするんですか？」

満男が質問すると、カオルは説明してくれた。

「えっとね、マンガの本棚辺りで指を使ってサワサワとか。あとブースに入ってネットリ乳首舐めやクンニ。だけど声が出せないから、我慢できなくなったらラブホテルへ行って、喘ぎながらセックスをするパターンみたい」

「本棚辺りだと誰かに見られそうですね。防犯カメラもあるかもだし」

「あー確かに。見られるだけならいいけど、通報されたり店員にバレたらけっこうヤバいよね」

「ですね」

「それにわたし、誰かに見られながら痴漢されたり、セックスをしたい願望もあるんだけど、いきなりはちょっと怖いかも」

「じゃあ、普通の映画館へ行きましょうか。座席で指を使ってサワサワプレイからの、盛りあがったらラブホテルでセックスっていうのはどうですか？」

「うん。初めてだから、それくらいがいいわ」

という会話を経て満男とカオルは平日の午後に、ロードショーの芸術映画を観に行った。

客席はスカスカで、他に客は数人しかいない。館内は暖房の効きが悪く少し寒かった。カオルはカシミアのストールを広げて、満男と自分の膝にかけた。

映画は抽象的な表現が多くて、まるで面白くないがどうでもいい。満男にとってはむしろ、暗闇の中でカオルと隣り合って痴漢をすることがスリリングなドラマに思えた。

（やはり、まずは太ももを撫でて、次にクリトリスへ向かうかな……）

などと考えるだけで、ペニスは痛いほどの勃起状態になった。

（ええっ、いったい何だろう）

満男が思う間もなく、何かがゆっくり勃起した男根の形や硬さを確かめるように動いた。

(……カオルの指だ)

と気がつく。そしてズボンの上から、サワサワと撫でられている場所に神経を集中させた。

なんだか、オスの欲望器官だけではなく腰全体がじんわりと気持ちよく、その淡い快感にしばし酔った。するとカオルが、満男の耳元で囁いた。

「だって、すごく硬くなってるんだもん。わたし痴漢されるより、したくなっちゃったの」

そしてズボンのジッパーを下げ、トランクスのボタンも外して勃起ペニスを取り出した。

(わわわっ、こんなところで誰かに見られたら困るぜ)

満男は一瞬思った。だがほとんど暗闇だし周りに人はいないし、そもそもストールに隠れて見えないのだ。それに勃起した生のイチモツに、女性の手指が直接触れているという快感に勝るものなどなかった。

カオルの手と指はスベスベで、少しヒンヤリしていて、とても気持ちいい。ただでさえパンパンになっているペニスが、はちきれそうになっていた。硬くなりすぎて、もうどうしたらいいかわからない。

もっとカオルの手と指を感じたいので、PC筋に力を入れ灼熱のシャフトをビクンッ、ビクンッと動かした。するとカオルは、肉竿をギュッと握って、小声で呟いた。

「うわぁ。なんだか、薄皮の下に鉄の棒が入ってるみたいだわ」

声よりも熱い吐息が男の耳元を襲う。満男は思わず喘ぎそうになったが、首をすくめてなんとか我慢した。

そしてカオルは、カウパー氏腺液でヌルヌルになっている尿道口周辺を、指の腹でさすった。亀頭全体に、快感の微弱電流のような衝撃が走る。しばらくすると、陰茎のてっぺんが熱を持ち、ジンジン痺れた。

さらに足の裏にも、熱と痺れと甘く糸を引くような快感が伝わり、自然とつま先立ちになってしまう。

だがそれは射精に向かうのとは違う、延々と焦らされているようなもどかしい快感だ。オスの欲望は出口を探して、ただ下腹の奥底でドロドロと渦巻いている。

次にカオルは、ペニスの根元だけを短いストロークでしごいた。満男はベースギターが響くみたいな、重低音の快感を味わう。

地鳴りがするようにジワジワ射精の兆しが高まると、カオルは指を動かすのを止めて玉袋をさわった。それで玉袋を引っ張られると、兆しは沈静化した。

すると、淫らな指はまた亀頭周辺に移っていった。カオルはカウパー氏腺液にまみれたヌルヌルの指を、縫い目や裏スジ辺りで往復させた。

満男は高音のギターソロのような、鋭角的な気持ちよさに呻きそうになり手で口を押さえた。このままつづけられたら、漏らしてしまいそうだと感じた辺りで、カオルの指は裏スジを離れてカリの部分を刺激してまた焦らしはじめた。

(すげえな、カオルは射精のタイミングがわかるんだ)

二回分の寸止めされた満男は思う。そして出口をなくした快感が、玉袋の辺りにずっしりと蓄積されていた。

もういい加減フィニッシュしたくてたまらない状態になりつつも、カオルがしたいことを受け入れる快感も心地よく、ふんわりと快楽の波を漂っていた。

するとカオルは満男の右手を取ってストールの下をくぐらせ、自分の膝に導く。なんと、満男の手のひらはストッキングに包まれた膝頭に触れた。布が手の甲に触れているので、ロングスカートを捲っているわけではなく、巻きスカートらしい。

「わたしのことも悦ばせて……」

カオルは満男の耳元で囁く。

(いいね。さわられるだけじゃなくて、さわらせてもらえるんだ)

満男は生唾を飲み込む。

だが、焦ってはいけない。膝の上にある手を、なるべくゆっくり内ももに滑らせ、女の中心部に近づいてゆく。

薄く滑らかなパンティストッキングの感触が、指や手のひらに心地いい。カオルの内ももは温かく、少し汗を含んで湿っているような気がした。

(えっ、これはっ)

満男は声を出さずに驚いた。

太ももの途中でパンティストッキングが途切れて、いきなり生肌に触れてしまったのだ。

カオルが身につけていたのは、パンティストッキングではなくガーターストッキングタイプなのかもしれない。

しっとり柔らかい内ももの肌を撫でて、脚のつけ根へと進む。

(えええっ。いや、まさかっ……)

満男の心臓とペニスが同時に脈打つ。いきなりヘアに触れたのだ。つまりカオルは、パンティを穿いていなかった。はやる気持ちを抑えつつ、ワレメに中指を這わせた。

そして柔らかく湿って折り重なる小陰唇を、下方に向かって探ってヴァギナを目指した。間もなくヌルリと、中指が第一関節まで膣穴に埋まった。女洞窟内部は、トロリとした蜜が溢れ熱いぬかるみのようだった。

もう少し奥へと指を進めた瞬間、カオルの上半身がビクッと揺れて、同時にヴァギナがキュッと締まった。

満男は中指をもっと動かしたいと思ったが、抜くことも奥に進むこともままならぬ、まったく動かせない状態になった。

そして、カオルが囁いた。

「ねえ、今は中より外がいいな。うふん、クリを優しく可愛がって」

言われて満男はヴァギナに中指を入れたまま、親指でクリトリスを探す。そしてワレメ上部にある皮の中に、コリコリしたものを見つけた。なので親指の腹を使って、包皮の中にある豆のようなクリトリスをやさしくこねた。

円を描くように指を動かすと、みるみるうちにコリコリが膨張した。さらにときおり、カオルの太ももが不規則に震えた。

しばらくすると、包皮の下のほうから膨張した肉豆が顔を出してきたのがわかった。いつの間にか、ヴァギナに入れた中指も動かせるようになっていた。しかも、膣内部も指もヌルヌルだった。

（お許しが出たってか、膣内も弄られたいんだな）

そう思いつつ満男は、溢れた愛液に親指を浸し、クリトリスの剝き出しになっている部分に触れた。

「あのね。そこはね、こんなふうにして……」

カオルは言って、亀頭のてっぺんを指でヌルヌル擦りはじめた。

満男はそれと同じリズムと強さで、剝き出しになったクリトリスを擦る。

あまり強弱をつけずに、円を描くようにするのがカオルの好みらしいので、満男はそのように親指を動かしつづけた。弄られている亀頭はまた熱を持ち、やはり足の裏までもジンジンと痺れる。

けっして射精方向にはいかない淡い快楽に漂いながら、中指をジリジリとヴァギナの奥へと進めた。

柔らかくてヌメリのある、いくつもの繊細なヒダが指に吸いついて、複雑にうねっている。ヴァギナ内部の感触は、とても淫猥で素晴らしい。そんな膣内の触感とクリトリスへの単調な円運動を楽しんでいると、

「あぁっ、イキそう。そのままつづけてっ」

カオルが切羽詰った感じで囁き、ペニスから手を放して口を覆った。その口の隙間

からは「んっ、んんんっ、んくっ」とくぐもった呻き声が漏れる。さらに、太ももがピタッと閉まった。同時にヴァギナ内部が不規則に痙攣して、何度も満男の中指を締めつけた。

（どうやら、達したみたいだな）

満男は脱力しているカオルの股間から、そっと指を引き抜いた。そして女蜜に染まった中指の匂いを嗅ぎ舐め、卑猥な香りと淫らな味を堪能した。すると息を整えたカオルが、満男の肩にもたれかかる。

「すごく気持ちよかった」

そう言って、二人の膝にかかっているストールを外した。

突然、ペニスに風が吹く。

（えっ、いったい何をするつもりだ？）

満男が狼狽《ろうばい》したとき、ペニスは根元までカオルの口に呑み込まれていた。それでやっと、自分がフェラチオされていることに気づく。見えるのはカオルの頭だけで、表情も口元も確認できないのがくやしい。

まあとにかく、ペニスのすべてが口の中に入っているということは、ディープ・スロートである。そんな昔の有名なアメリカン・ポルノの題名が、満男の頭の中に浮かんだ。

そんな凄まじく淫靡な状況が把握できた途端、指の愛撫とはまったく次元の違う快感が身体中を襲った。

陰茎の根元は、唇でモグモグとしごかれている。肉竿の部分に、ヌメヌメとまとわりついているのは舌だろう。亀頭をコクンッ、コクンッと揉むように挟むのは喉に違いない。

カオルはそうやって三カ所を刺激しつつ、頭をゆっくり上下に動かした。すると、ペニス全体がエロティックな温もりに包まれ、たまらなく気持ちいい。身体中の感覚がオスの欲望器官に集まるので、恍惚としてくるのである。

それでも満男は、誰かに気づかれていないだろうかと周辺を見回す。他にいる数人の客はスクリーンを観ている。大丈夫だと安心した刹那、下腹の奥が沸騰する感じで射精の兆しが駆け抜けた。

(このまま、口の中に出すのもいいな)

我慢はいらないと満男は考える。なぜならば間違いなくカオルは、口の中にザーメン出してもらいたいタイプのフェラをしているからである。

「んぐぐぐっ」

満男は呻きながら、射精した。目を閉じているのに、快感で目の前が真っ白になる。声を出すのを抑えているからだろうか、快楽の粒子が身体の中で乱反射する。

快感の時間が通常よりも長く感じるのは、何回も寸止めをされていたことが関係しているのかもしれない。途切れることのない甘い痺れを味わいながら、満男はカオルの口腔内とペニスが一体化しているように感じていた。

＊

ディープスロートタイムのあと、二人は映画館を出た。そして、満男はカオルに訊いた。

「さて、これからラブホでがっつりセックスするんだっけ？」

「電話で話したときはそのつもりだったけど、ゆうべＳＮＳでもっとすごいところを見つけたの」

「へえ、どんなとこだい？」

「目の前にいる男たちがガンガン口説いてくるし、ドリンクを飲みつつ話をしていい雰囲気になったらセックスもできるって、マッチングアプリとショットバーとラブホが一体化してる店なんだって」

「それは確かにすごいな」

「でしょう。ハプニングバーっていうんだけど知ってる?」

「ああ、ハプバーか。一応、けっこう前に行ったことはあるよ」

「そうなんだ。あのね、わたしお酒も少し飲みたいし、どうせならハプバーの大部屋でセックスをしてみたいな」

「なるほど、いいね」

満男は納得した。カオルは人に見られながらセックスをしたいと言っていたから、大部屋でまぐわいたいのだろう。他の連中の性交も見られるし、場合によってはスワッピングも可能だから異存はない。

なのでカオルが行きたがっているハプバーに、カップルで入った。初めての店だから免許証と健康保険証を提示して、入会金と利用料金を支払った。

次に満男はハイボールを、カオルはテキーラをショットで数杯飲みながら、バースペースとルームと呼ばれるセックスがオッケーな部屋についての説明などを聞いたのだった。

そしてカオルの希望でシャワーを浴び、さっそく大部屋のルームでまぐわいはじめた。

事前の会話でカオルがしてほしい前戯を聞いたので、まずは長めのディープキスをしながら、髪の毛を引っぱったり、乳首をつねったり、バックでの性交ではスパンキングなどSMテイストの強いセックスをした。

それにしても、数組のカップルがいる大部屋でセックスをするのは、ラブホテルで二人きりとは全然違っていた。

そもそもカップルごとに前戯や体位や喘ぎ声も異なるし「出ちゃう、出ちゃう」と言いながら潮を噴く女性もいたし、さらにスワッピングをしているカップルを見られるのも楽しかった。

しかも大部屋は半分だけ透けるカーテンで仕切られており、向こう側にはセックスをしたくてたまらない単独男性が数人いて、AVにおける汁男優のごとく、勃起ペニスをしごきまくっていた。

そして満男が体位変更しようと男根を一度抜いたら、カオルは「あっちの人たちに、輪姦《まわ》されたい」と言って仰向けになり、首から下をカーテンの向こう側に滑らせたのである。

途端に両乳首と女性器に単独男性たちが吸いついた。

「多田さん、キスして」

カオルに言われて満男は濃厚な接吻をした。重ねていた唇が離れるとカオルは「あーん。すごいなあ、今って多田さんを含めて四人の男が、わたしの身体を楽しんでいるのね」と嬉しそうに悶えた。

そして単独男性たちは、バキバキに勃起した順にカオルを犯していった。バックで犯されているときカオルは、両手に単独男性たちの肉棒を持ち、さらに満男のペニスをフェラチオした。

しかも「知らない竿にいっぱい犯されたあと、最後はまた、多田さんとセックスしたい」と言うのだった。まったくもって、おとなしそうな和風美人が複数の男とやりまくりなのがすごい。

＊

後日知ったのだが、待ち合わせ痴漢プレイ好きな女性は、男にオモチャにされることが好きらしい。

痴漢プレイ以外も興奮するし、痴漢プレイのあとに犯されるのも好きで、とにかく男たちに好きに使われちゃうことにそそられるそうだ。

そもそもカオルはレイプ願望がありＳＭにも興味津々だったから、待ち合わせ痴漢プレイだけでは物足りず、理性が完全に壊れるまで輪姦や複数プレイをしたいのかもしれない。

◎本作品は、二〇二二年五月一日から六月三十日まで「スポーツニッポン」紙上で連載していた原稿を、大幅に加筆修正したうえで単行本化しております。

◎本作品の内容はフィクションであり、登場する個人名や団体名は実在のものとは一切関係ありません。

◉新人作品**大募集**◉

マドンナメイト編集部では、意欲あふれる新人作品を常時募集しております。採用された作品は、本人通知のうえ当文庫より出版されることになります。

【応募要項】未発表作品に限る。四〇〇字詰原稿用紙換算で三〇〇枚以上四〇〇枚以内。必ず梗概をお書き添えのうえ、名前・住所・電話番号を明記してお送り下さい。なお、採否にかかわらず原稿は返却いたしません。また、電話でのお問い合せはご遠慮下さい。

【送付先】〒一〇一‐八四〇五 東京都千代田区神田三崎町二‐一八‐一一マドンナ社編集部 新人作品募集係

絶頂セラピー《ぜっちょうせらぴー》 欲求不満の人妻たち《よっきゅうふまんのひとづまたち》

二〇二四年二月十日 初版発行

著者◉乃坂 希【のさか・のぞむ】

発行◉マドンナ社
発売◉二見書房 東京都千代田区神田三崎町二‐一八‐一一
電話 〇三‐三五一五‐二三一一(代表)
郵便振替 〇〇一七〇‐四‐二六三九

印刷◉株式会社堀内印刷所 製本◉株式会社村上製本所 落丁・乱丁本はお取替えいたします。定価は、カバーに表示してあります。

ISBN978-4-576-23153-2 ◉Printed in Japan

オトナの文庫 マドンナメイト

電子書籍も配信中!!
詳しくはマドンナメイトHP
https://madonna.futami.co.jp

上流淑女 淫虐のマゾ堕ち調教
佐伯香也子/天性の嗜虐者は欲望の限りを尽くし…

奴隷花嫁 座敷牢の終身調教
佐伯香也子/伯爵令嬢が嫁いだ素封家は嗜虐者で…

秘儀調教 生け贄の見習い巫女
佐伯香也子/修業に身を捧げた処女は性儀の果てに…

令嬢奴隷 恥虐の鬼調教
佐伯香也子/清純女子大生に襲いかかる調教の数々…

美人秘書監禁! 甘美な拷問
佐伯香也子/監禁された美人秘書を襲う淫らな調教…

人妻巨乳バレーボーラー 寝取られM化計画
藤 隆生/妻が男たちからイカされまくる姿を妄想して…

女子アナ候補生 鬼畜サークルのマゾ開発
藤 隆生/清楚な綾音を待っていたのは恥辱の研修で…

AI妊活プロジェクト 僕だけのハーレムハウス
綾野 馨/童貞男子がAI妊活に強制参加させられ…

ハーレム・ハウス 熟女家政婦と美少女と僕
綾野 馨/家政婦とその娘が信じられないくらいエッチで…

ハーレム下宿 美熟女と美少女と僕
綾野 馨/下宿先の美熟女と美少女母娘にときめくが…

ヨガり妻
天羽 漣/ヨガにハマっているエロい人妻の美尻の奥は…

淫ら人妻研究員
桜井真琴/ガン特効薬の開発中に発生するガスには催淫効果が……

Madonna Mate